陈保邦 著

秘境茶踪

临沧的芬芳

深圳出版社

图书在版编目（CIP）数据

秘境茶踪：临沧的芬芳 / 陈保邦著 . -- 深圳：深圳出版社 , 2024.12

ISBN 978-7-5507-3958-1

Ⅰ . ①秘… Ⅱ . ①陈… Ⅲ . ①散文集 - 中国 - 当代 Ⅳ . ① I267

中国国家版本馆 CIP 数据核字 (2024) 第 016403 号

秘 境 茶 踪 ： 临 沧 的 芬 芳
MIJING CHAZONG：LINCANG DE FENFANG

出 品 人　聂雄前
责任编辑　杨雨荷　杨跃进
责任校对　黄　腾
责任技编　郑　欢
装帧设计　刘瑞锋

出版发行　深圳出版社
地　　址　深圳市彩田南路海天综合大厦　（518033）
网　　址　www.htph.com.cn
服务电话　0755-83460239（邮购、团购）
排版设计　深圳市无极文化传播有限公司　Tel：19168919568
印　　刷　中华商务联合印刷（广东）有限公司
开　　本　787mm×1092mm　1/16
印　　张　18.75
字　　数　330千
版　　次　2024 年 12 月第 1 版
印　　次　2024 年 12 月第 1 次
定　　价　62.00 元

茶里天地人

茶，是美的存在，缘的遇见。茶，是陈保邦先生精神重压下经营的一份从容，奔波中打磨的一颗真心，感悟人生的一种载体。《秘境茶踪：临沧的芬芳》的问世，亦验证了他与茶之间难分难舍的一世情缘。才掀开扉页，便有幽幽茶香引路，带领读者步入那些被茶韵浸染的美妙文字。

作为一名资深金融人和业余写作者，陈保邦先生2008年至2015年在临沧工作。漫漫七年的光阴里，他与临沧茶结下了不解之缘，也在冥冥之中，为这部三十余万字的茶书埋下微妙的伏笔。

在临沧工作的那些日子，陈保邦先生的足迹踏遍了秘境的每一座茶山。他是那么热爱临沧的山水和茶，为此，每当周末或假期，他都会让自己穿行于滇缅铁路废弃的隧道中，踯躅在有徐霞客驮马蹄印的鲁史古镇上，跋涉进澜沧江峡谷的茶马古道间，流连在"世界茶王之母"的阴翳下。他的目的清晰且执着：去了解每一款茶叶的前世今生，去证实每一棵千年古茶树的亘古传说，去探寻"天下茶仓"的核心秘密。他还深入茶农茶山，拜访资深茶人，了解民间茶俗，从中探索临沧秘境的茶品质、茶图腾和茶历史。作为金融人，陈保邦先生在茶山行走之际并未忘记自己的专业与使命，透过茶产业纷繁杂乱的表象，他理智地分析茶叶的金融属性，指出茶叶贸易背后的利益推动力，倡导茶产业的人文情怀。他一次次大声疾呼：精行俭德面临挑战，警惕茶德庸俗变质。

临沧是一片广袤而奇异的地域，因为封闭而神秘，因为绝版而珍奇。北回归线穿越这里，成就了临沧的钟灵毓秀。百濮文化选择这里作为有声有色的保留地，佛祖选择这里建造亦神亦奇的舍利圣殿，亚洲象和金杪椤选择这里作为不离不弃的乡井家园。陈保邦先生也选择了这里，他不但在临沧工作，也在临沧行走、思考和创作，临沧成为他心灵家园的永恒驿站，也是他难分难舍的精神故乡。从某种角度说，《秘境茶踪：临沧的芬芳》是一本全景式解读临沧地理、历史、文化、金融的纪实力作，也是陈保邦先生所见、所闻、所尝、所感的抒情长卷。

在陈保邦先生凝眸沉思时，在他的日常谈吐里，在他不离不舍的一壶一盏中，无不映射着临沧秘境的丝丝茶踪，天下茶仓的缕缕茶魂。茶水煮茶话，茶里观乾坤，不论他的诗集《流年来信》，还是散文集《金融中的文化》，抑或非虚构作品《货币秘密：云南金融往事》，来自茶文化的切切感悟及深深印痕，满纸皆是。

陈保邦先生常说："金融的张力给我提供追求文化的养分，文学的滋养让我远离庸俗。"在金融工作之余的那些深夜里，在一支笔、一摞纸、一壶茶的陪伴下，他端坐于书桌前，以文字书写茶之韵，以生命体悟茶之味。在他笔下，阳刚之美的昔归，清甜如泉的娜罕，蜚声茶界的冰岛，佤山飞翔的怕拍，会跳舞的紫芽藤子，气度优雅的滇红，半野生的白莺山，茶祖灵性的永德，气韵荟萃的勐库十八寨，部落气质的大雪山，生机盎然的斯芭慕，无不被勾勒得栩栩如生。这些茶给了他浪漫的翅膀，给了他干净的写作动机，由茶而生的文学热爱成为他最重要的精神养分。繁忙之余，重压之下，只要进入那些钟爱的文字里，就仿佛倦怠之时嗅到四野芳香，思念之际收到远方来信，沉沦之刻驶来一叶扁舟。

在"中国茶"申遗成功的亮丽背景之下，《秘境茶踪：临沧的芬芳》惊艳问世。这既像是天意使然，也像是历史必然，甚至带有一点玄学色彩，暗合了陈保邦先生的人生观和价值观。权力、地位、人脉、职业，等等，都会随年龄增长而渐渐远去，但文学和茶香将永生相伴，给人以滋养，以宁静，以灵动，以永恒，这就是文化的魅力。

作为一部探秘天下茶仓的长卷纪实力作，《秘境茶踪：临沧的芬芳》不仅深刻解读了秘境临沧的地理、历史、文化和金融，还将作者历经数年的观察、思考、研究等，以诗意的笔调、纪实的手法、茶人的情怀、哲学的思考，由表及里地向读者娓娓道来。它以独特的视角诠释每一款临沧茶的前世今生，演绎每一片叶子承载的厚重故事，向世人展示出一个有极强历史感与现场感的别样临沧。

茶里天地人，无味为至味。这些年来，陈保邦先生茗心养清气，满纸茶叶香，始终笔耕不辍。我们期待他在一盏香茗一行字的清逸里，不断创作出令读者眼前一亮的佳作。

是为序。

闻冰轮

2023年6月30日

踏遍茶山人未老，临沧茶书此独好

　　友人春龙贤弟向我推荐这本写"临沧茶"的书稿。读完书稿，我为自己此前的浅陋十分汗颜。在这本书里，我才知道冰岛、昔归产自临沧。周作人先生在《喝茶》一文中说："我的所谓喝茶，却是在喝清茶，在赏鉴其色与香与味，意未必在止渴，自然更不在果腹了。"生性疏懒的我，信奉周作人先生所说的"赏鉴其色与香与味"，素来是"百姓日用而不知"，态度是"茶有就行"，满足于"茶，上茶，上好茶"，不去探求每种茶背后的故事，更难得闲情去追寻每种茶背后的茶文化。

　　云南省临沧市是世界茶树的原产地，有"半城青山，幽幽两江，古茶名山"的美誉，是云南省的第一产茶区。临沧市位于云南省西南部，因其濒临澜沧江而得名。据《中国大百科全书》，清代乾隆十二年（1747年）设缅宁厅，升孟缅长官司为缅宁厅，属顺宁府。治所在今临沧市临翔区凤翔镇，辖境约为今临翔区、双江县。民国初年实行废府州厅存县政策，1913年4月改缅宁县。1954年更名临沧县，2003年设地级临沧市。

　　车志敏编著的《云南地州市发展战略研究》一书中提出："早在2000多年前临沧就开始人工栽培茶树，在纪元时就开始手工制茶。"1937年《缅宁县志》载："本县气候土质，最宜种茶，自清宣统元年，由署通判房星东，购颁茶籽分发各乡栽种，当时成活者已数十万株，入民国后，实业局长邱裕文，复竭力推进，督促倡导，不遗余力，接年以来，全县成活茶树已千万株，宁可采收茶九千驮或万余驮，除县饮料外，为出口大宗。"

民国时期，临沧茶"滇红"品牌一炮打响。新中国成立后，临沧被列为红茶生产基地，在计划经济时代，临沧生产红茶，下关生产沱茶，勐海生产普洱茶。著名农学家、我国现代茶业的奠基人吴觉农（1897—1989）先生在1982年4月10日《中国财贸报》上刊登的文章中提出在临沧建"世界第一流大茶园"构想。自此，在吴觉农先生前瞻性战略眼光的指引下，临沧茶生产有了对标世界一流的新目标，生产迈上新的台阶。1982年，英国女王伊丽莎白二世访华，"滇红"成为向女王赠送的国家礼品。1989年1月，为祝贺云南凤庆茶厂建厂五十年，92岁的吴觉农在北京题写"名茶滇红，诞生凤庆。扩大出口，利国富民"。生产"滇红"的凤庆被誉为"滇红茶乡"和"滇红茶都"。滇，是云南省的简称，临沧茶的著名品牌"滇红"，从云南凤庆漂江出海，享誉全球。

王安石说："世之奇伟、瑰怪、非常之观，常在于险远，而人之所罕至焉。"如同美好的风景藏于险远之处，临沧的各式各样的珍宝一般的茶叶，因为种种原因而久居闺中，少为人知。云南省是我国古茶树最多的地方，而临沧市的古茶树数量又居于云南省之首。虽有"滇红"一枝独秀美声在外，但因产地交通不便，加之宣传力度不够，临沧茶犹如被禁锢在秘境，在相当长的时间里，众多品茗之士不知临沧茶家族"滇红"之外其他成员的芬芳之踪。近20年来，临沧市对临沧茶加大了宣传力度，冰岛、昔归等临沧茶品牌也广为人知。

只是，在个体主义盛行的当下，爱茶人士强调个体独立性的价值取向和文化倾向，"个人、个性、个体"的品茶爱好大行其道，根本不会被动接受来自官方和商家的一板一眼的模式化、刻板性的宣传。爱茶人士呼唤出现一本作者亲自足踏临沧茶产地四处寻访，写出个人体验，揭开临沧茶神秘红盖头的佳作。

2008年冬，陈保邦先生调动到临沧工作。到临沧之后，在忙碌的工作之余，他亲到产茶山头，交往茶业大师，静心品尝茶叶，寻绎茶文化。历时七年的漫长岁月，临沧茶的茶人、茶事、茶技、茶俗他熟悉于心。

为了寻茶，陈保邦先生在临沧的苍茫大地四处奔波求索，基本上是按照茶的品种为顺序进行写作的。而对临沧市不熟的读者，从行政区划角度了解临沧茶的实际需求。经查询，截至2022年，云南省临沧市辖1区7县，即临翔区、云县、凤庆县、永德县、镇康县、耿马傣族佤族自治县、沧源佤族自治县、双江拉祜族佤族布朗族傣族自治县。在阅读书稿的过程中，我以行政区划为标准，以书稿为主体，结合其他资料整理了如下一些笔记。

云县：县内有白莺山，位于云县漫湾镇澜沧江南岩大丙山腰部，树龄千年以上的古茶树逾万棵，适合春天探访。

云县产叫作"本山"的野生茶，黑条子、二嘎子等半野生茶，以及勐库种、白芽子、藤子、柳叶、豆蔻、红芽口等人工栽培型古茶。

蔡昌瑞道长主持的茶会民俗活动一直延续到1952年。

临翔区：临翔区内有忙麓山，位于临翔区邦东乡。

懂茶人认为，忙麓山才是昔归茶的正宗产地。娜罕是距离昔归最近的同属邦东乡的好茶，因为昔归的盛名，使娜罕等茶叶广为人知。

娜罕紫芽茶，是贡茶中的贡茶，好茶中的好茶。

永德县：大雪山乡有古茶林面积多达11万亩，古茶树数量为云南各县之首，适合春天探访。

亚练乡章太村的三棵恐龙时代的"中华木兰"是野生古茶树祖先的"活化石"。

小勐统镇的梅子箐是一款被冷落的好茶。

永德县最有代表性的两个茶区是忙肺山和大雪山。

勐板乡产忙肺茶。水井头古茶园位于勐板乡的忙肺山核心区。

忙肺古树茶素有"香似勐库，甜似易武，韵似昔归"的美誉。忙肺新茶味虽略苦但回甘迅猛持久，素有"普洱茶味精"的说法。

永德大雪山有古茶树多达50万棵，寻找云南最多的野生茶树，必去永德。永德县亚练乡彝族俐侎人"祭茶神"活动的"焚香、领牲、回熟"，俐侎人仍然保持着最原始的"雷响茶"。

永德县紫玉茶业，朱永昌先生。

双江县： 因为冰岛的品牌带动，同在勐库镇东西半山的"勐库十八寨"如大小户赛、懂过、坝卡等村寨的茶逐渐为人们所熟悉。勐库十八寨的茶，东半山茶的茶质普遍具有阳刚之野性，醇厚、香扬，西半山茶的茶质多具柔和之美，甘甜绵长，韵味无穷。

西半山： 西半山有十个寨子：冰岛（实际指冰岛村，下有五寨）、坝卡、懂过、大户赛、公弄、邦改、丙山、护东、大雪山（邦马大雪山）、小户赛。

冰岛村，出产"普洱茶王者"冰岛。冰岛村下有"冰岛五寨"，即老寨、南迫、地界、坝歪、糯伍。老寨茶最"甜"，南迫茶最"厚"，地界茶最"香"，坝歪茶最"霸"，糯伍茶最"柔"。

东半山： 东半山有八个寨子，即忙蚌、坝糯、那焦、邦读、那赛、东来、忙那、城子。忙蚌茶是受市场追捧的一款小众茶；坝糯藤条茶好喝不贵，非常适合作为口粮茶；正气塘是那赛茶的魁首；章外（勐勐镇）因离勐库近，章外茶被认定为勐库茶，回甘极快。

勐库镇邦东大雪山有上万亩古茶树，是当前已知的面积最大、海拔最高、保存最完好的野生古茶树群落，"大雪山1号野生古茶树"已有2700余年。

勐库镇有祭茶祖——神农氏的活动。

沧源县：勐角傣族彝族拉祜族乡的翁丁村有佤族的"雷响茶"，茶气飞扬，滋味浓烈。糯良乡怕拍村有怕拍茶。怕拍古茶树数量不算多，但品质却很高。虽为小众茶，但香高味醇，满口生津。

镇康县：斯芭慕傈僳族语为"草山"之意，位于镇康县南伞镇沿中缅国境线北上50公里处110至113号界碑之间，古茶树部分扎根在镇康县，大部分则生长于缅北境内。斯芭慕古树茶野性十足、香甜滑润。

忙丙乡有马鞍山古树茶，香气浓郁、回甘味甜、口感纯正。

凤庆县：小湾镇锦秀村，有世界上最古老、树龄长达3200年的栽培型古茶树——锦秀茶祖。

陈保邦先生并非土生土长的临沧人，也正是因为如此，他以冷静的不同于临沧当地人的"旁观之眼"审视临沧茶，写出了他对临沧茶的独特解读，做到了"为临沧茶乃至云南茶记录下真实、厚重而又有趣的故事，让好茶走出大山，推窗向洋"。

品茶人不仅要追求看得见摸得着的茶，更应追求蕴涵在茶里无形无界的茶文化。全球化、信息化和城市化的车轮滚滚向前，推动上千年养在深闺的临沧茶出青山越两江，挖掘打捞尘封千年的临沧茶民俗文化。保邦先生在七年多的时光里，潜身北回归线穿越的临沧，伴着澜沧江与怒江的滔滔流水，远眺临沧茶的"古有"，寻访恐龙时代就已生长的古茶林的后代，追踪古濮人栽茶培苗的南下路线；寻觅临沧茶的"现有"，穿梭于白莺山、大雪山、中缅边境的寨子，以文字和图片编织成了"我有"的这本《秘境茶踪：临沧的芬芳》，蔚为大观，成其一家之言。唐代780年问世的《茶经》是茶圣陆羽"一个人"的著作,现在,摆在我面前的《秘境茶踪:临沧的芬芳》则是一本陈保邦"一个人"的临沧茶书。

踏遍茶山人未老,临沧茶书此独好。书此为序,并贺图书即将付梓。

韩海彬

2024年6月

目 录

上 深山灵芽

径幽香远

第九章

怀念秘境茶仓：朴素美

第十章

茶席间江湖论剑：茶话

上

深山灵芽

3200年的凤庆香竹箐古茶树

第一章　天下茶仓聚佳茗：临沧

一枚小小茶叶，散发出中国数千年的文化魅力；一盏浅浅茶汤，亦深藏着推动历史车轮滚滚前进的力量。

茶里乾坤大，壶中日月长。人生若茶，沉浮一瞬。世间最浪漫的事，莫过于和茶一起慢慢变老。

自饮茶习惯形成以来，所有从茶中倾吐出的中国文化，似乎都怀有一湾宁静、和谐的精神愿景，一种健康永恒的生命力；似乎都在昭示着一个现实：经济越发达、文化越兴盛的年代，必将是茶越辉煌的时代。

临沧之美，以茶为最！被誉为"天下茶仓"的秘境临沧，有一种舌尖上的芬芳，一片令人窒息的美，那便是茶。

闻到茶香，便会想到临沧；走进临沧，犹如走进佳茗汇聚的茶仓。你会被秘境中那些少数民族的茶人、茶事、茶技、茶俗深深感动。

茶仓藏历史，茶汤映山河。小小茶叶背后，隐藏着许多鲜为人知的关于中国哲学、文学、美学、历史、地理和民俗的故事。

人在草木间 |

茶人皆知，"人在草木间"说的是茶。

勐库大雪山野生茶林

茶，树木之心绽放的芳华，人间的万病良药。唐代咏茶诗云"此物性灵味，本自出山原"，亦道明茶的本质是一介草木、一片树叶。作为大自然奉献的精华，茶有自己独特的含义：茶人传说祖先造字时，用头顶草，脚踩木，取人在大自然中生活之意境，组成了"茶"字，将其与人紧密相连。

冰岛茶芽

　　"南方有嘉木，我本草木茶。"茶，原本是树木的叶子，在森林遍布的云南高原并不稀奇。春天，数不清的鲜嫩叶片被采茶人从古茶树枝头轻轻分离，经过制茶工艺中的杀青、揉捻、分拣等工序，一步步压制成了饼茶、砖茶。在或长或短的时间里，它将在空气中发酵，珍藏甘韵，隐忍茶性，锁定高香，静等某一天与一壶水、与一群有缘人邂逅。

　　清晨，大多数中国人习惯从一杯茶汤中开始一天的工作和生活。青山泉水杯中映。一杯浅浅的茶汤里，蕴含着中国人的时间滋味、舌尖追求、修身之道和文化品位。茶成为所有植物中最有文化气息的树叶。珍藏几片佳茗好茶，即是珍藏了身心健康、情感依托和精神财富。

　　据中国第一部词典《尔雅》解释，早采者为茶，晚取者为茗。无论称呼茶或茗，百种山头百种味，每一味皆精彩。那么，什么是佳茗好茶？它们的源头又在哪里呢？

谈及茶，不得不聚焦澜沧江中游一个春天不愿离开的秘境，一个隐藏着冰岛、昔归、娜罕、滇红等好茶的高原，它的名字叫临沧。

那是一方被众多古茶树层层簇拥的天下茶仓，那里有穿越千年而来的茶香，有被澜沧江两次切割依然连绵不断的茶马古道遗址，一片充满少数民族风情神话以及令无数茶客魂牵梦绕的佳茗荟萃之地。

早在1982年，被誉为中国"当代茶圣"的茶业泰斗吴觉农先生通过实地考察，依据澜沧江、怒江、北回归线穿越临沧全境以及临沧独特的山川气候，断定临沧出产佳茗好茶，呼吁"在临沧建立世界第一流大茶园"。

今天，临沧茶业的蓬勃发展趋势终于印证了吴觉农先生的判断，以冰岛、昔归为王者身份，厚积薄发，光芒四射，引领着云南普洱茶的风向。现在，茶人们一旦聊起临沧茶话，无不赞叹永德县章太村三株恐龙时代遗留的茶祖中华木兰，凤庆县香竹箐的世界上最古老的栽培型古茶树——锦秀茶祖，还有云县白莺山、永德县大雪山、双江县勐库东西两半山以及中缅边境斯芭慕、马鞍山、忙肺山众多原生态古树茶……

茶，像一缕缕阳光，驱散笼罩于临沧的层层迷雾浓云，打开了一扇人们认识临沧的窗。

｜邂逅临沧

也许是命运早已注定，或是大自然与热爱它的人心心相印，让我很早便与临沧茶有缘邂逅，被它的品质与意象所诱惑，情有独钟地走向它，品味它，弘扬它，并写下赞美它的文字。

青年时代，因爱喝茶的缘故，我开始品尝普洱茶，学习茶文化。那些关于识茶泡茶的书籍，因内容雷同，故弄玄虚，引经据典，匆匆翻阅，印象不深。但一本 2006 年云南人民出版社出版的《普洱茶文化之旅：临沧篇》却深深地吸引了我。从书中我首次知道隐藏在滇西南一隅临沧茶的上乘品质，但却因交通闭塞与宣传滞后一直被世人忽视。临沧茶仿佛像一位"养在深闺人未识"的佳人，很难一睹她艳丽的芳容。年轻气盛的我，不由为之心动，产生了前往临沧寻茶、品茶的冲动。

之前，我从未去过临沧，更未品尝过临沧的冰岛、昔归、娜罕等好茶，这片深藏不露的普洱茶于我来说仅仅是一种原始的诱惑，一种情感上的诗和远方。

我不知道是否命运里早已注定与这片茶有缘，不久我便接到上级组织通知，调到中国农业银行临沧分行工作。

2008 年冬，我从昆明向滇西南进发，从大理州祥云县南下，穿越哀牢山、无量山，跨过汹涌的澜沧江，抵达临翔，开始了在临沧从事金融工作和业余习茶、读书、写作的七年漫长时光。

邂逅临沧，我便与之一见钟情，相见恨晚，结下了深深的茶缘。

彼时偏居边陲的临沧，交通闭塞，静若处子，与世无争，处处洋溢着震撼人心的自然美。那些黝亮的脸庞、质朴的语言、滚动的热风、绿色的森林、甜润的雨水、嫩绿的茶叶、傣家的竹楼、叼着烟斗的拉祜族女人、舞动长发的佤族少女……处处呈现着它原生态的魅力。

作为曾经爱诗、写诗的人，每每听到纵情的临沧民歌："每天想你无数回 / 想你想得掉眼泪 / 每天念你无数声 / 念你念得喉咙累 / 只因山高路遥远 / 只因水深无桥过。"我便开始庆幸自己抵达的临沧，是一片诗意的净土，一个被印度洋雨水恩宠的地方，一方被民歌舞蹈滋养的静处。

这片位于澜沧江中游，被森林、植物覆盖的高原，茶山遍布，茶树丰腴，茶叶苍翠，歌舞升平，人无忧伤。它的每一座青山、每一棵茶树、每一条河流都紧贴着大地的肌肤；每一个生活在这里的少数民族都载歌载舞，欢声笑语，与世无争，淡定如野花，在中缅边境的高原深处，平静地展示着当今少有的朴素之美、歌舞之美和静谧之美。

随便走进一片坝子，都是一幅大自然精心雕琢后展现的美轮美奂的原生态画卷！随便爬上一座茶山，都是爱茶人梦中向往的古树茶园！

由于受西北至东南走向的哀牢山和无量山阻挡，壮阔的澜沧江在云县之北突然东折百里奔腾南下，而怒江则转身向西，拐入缅甸。怒江、澜沧江如两道天堑，把滇西南分割成了一块巨大的天然夹角。而临沧这片隐秘的土地，恰好就被两江夹在其中。

临沧受益于两条大江的恩泽，成为大自然留给人类不多的一片植物王国。但它又因大江的阻隔交通闭塞，未被人类大规模开发而保留下了珍贵稀少的植物品种和丰富多彩的民族文化。

随便站在临沧东部或西部的任何一座高山，你可以隐隐听到澜沧江或怒江传来的涛声，日夜翻滚在夹江流域山谷。当微风吹来，你甚至可以闻到江中淡淡的鱼腥味。

随便站在临沧中部的任何一道分水岭，你可以看到，高山流下的泉水会自然分开，形成两道溪流，一道向西南流入怒江印度洋水系，另一道向东南汇入澜沧江太平洋水系。当你把左手浸在印度洋水系中，右手便可伸入太平洋水系。一个人的两只手能分别放进不同的两大洋水系，这一神奇的自然现象，恐怕只有在临沧才会遇到。

被称为"东方多瑙河"的澜沧江，在傣语中意为"百万大象之江"。它从唐古拉雪山奔来，在滇西北切割大地，劈开山脉，但在中游受无量山的阻挡而乖乖地蜿蜒游走。江风也变得十分温润，常常夹带细雨雾岚，把江岸少女吹成新娘，把小树吹成古树，把茶枝吹出茶香。

当太阳把一抹红晕投送到佤族少女羞涩且黝黑的脸上，大雪山流下的泉水便加速流淌，滋养着山坡上一片片野生、半野生和栽培型古茶林，让茶树枝头从春天到秋天不断绽放出的茶叶，像飞翔的蝴蝶，像腾空的鸟翅，像鲜嫩的月牙，把茶香源源不断地送往远方的茶仓，送进氤氲的茶席。

与茶艳遇

在普洱茶闻名于世之前，临沧几乎是被人遗忘的地方。

自古以来，天然的茶种、温润的气候和独特的地理环境孕育了临沧茶特有的香、甜、醇。临沧许多茶山有着中国大地上最好的茶质，有着茶树的始祖中华木兰的遗传基因，更有着毫无工业污染的原生之美。其高贵的茶质一直在云南普洱茶江湖中占据至尊的地位，只不过它长期隐藏"深闺"，仅仅当作其他茶区制作普洱茶的"味精"，当作"为他人作嫁衣"的原料，鲜为人知。

因地理位置偏僻，宣传滞后，临沧茶长期处于媒体关注的视角之外，其高贵唯美的品质被高山峻岭重重阻隔，久久尘封，时至今日，方才一改往日的默默无闻，大放异彩。

是金子总要闪光。如果你是一个真正的爱茶人，你迟早会发现临沧茶的神奇魅力，发现临沧茶隐藏着的本真和巨大的经济价值。

江河是临沧的母亲，森林是临沧的衣裳，而茶，绝对是临沧的宠儿。西北至东南走向的哀牢山脉，高耸云霄，绵延数百公里，将北上的印度洋暖湿气流滞留在临沧上空，形成了雨量充沛的亚热带湿润气候。汹涌澎湃的澜沧江和怒江，由北向南滚滚而来，携来雨水雾岚，配合着天空的阳光、大地的养分、江岸的精华和草木的芬芳，将茶树生长所需要的各种养分源源不断地注入其根系。

　　湿润的江风，雕刻了临沧茶的韧性；草木的鲜味，沁入了临沧茶的高香；深扎的根系，孕育了临沧茶的霸气；生态的环境，造就了临沧茶独有的灵性，成就了临沧茶的狂野之霸、柔美之香、甘醇之甜。

　　临沧茶之所以能够后来居上，成为普洱茶界的新宠，绝对是源于云南高原的原生态地理环境，源于印度洋吹来的暖湿气流，源于澜沧江畔的天时地利和少数民族永远遵循"道法自然"的栽培、采摘法则。

　　临沧众多古茶树自由散落于雪山、江岸、山坡、河谷、深箐，茶树周围夹杂着大量其他野生植物，古木与茶树共存、百卉与昆虫相依，形成了一个原始的天然生态系统。这种环境必定佳茗荟萃，生长出的茶叶必定滋味高香、甜醇，最适宜于人类品饮。

　　临沧茶之美，美在它的幽独，美在它的唯一，美在它原生态的身体所散发出的独有的滋味，这是其他茶区无法复制的。

昔归鲜叶

我清晰地记得 2009 年的某天，首次在临沧一间茶室喝到昔归忙麓山古树茶时的震撼感受：原生态、霸气、高香与甘醇。

水与茶刚刚交融，一种诱人的胭脂高香便扑鼻而来，让我们陶醉在怡人的暗香中。这种令人怦然心动的香味，仿佛一位绝世女子，正从滚滚红尘中走来，优雅地走近每一位喝茶人，与你进行一次风情万种的谈话。

昔归忙麓山茶，端盏入口，滋味甘醇；任你十泡八泡，野性无穷。对于这款醇香袭人、群芳之最的山头茶，我当时便与一位茶人一致认为，此乃普洱茶精品，来日定能成为引领普洱茶走向的风向标！

临沧天地山川，成就了众多古树茶妙曼多变的韵味，引得不少茶客对临沧茶情有独钟。我，便是其中一位。

每当想喝茶，我自然首选临沧的古树茶。将水入茶，当茗香散发出特有的色香韵味时，我知道，它呈现的是茶作为一种植物的自然美，它吸收的自然精华深藏于茶汤的香醇之中，具有一种让人体验不尽的梦幻感受，坦露出一种震撼人心的迷恋之味、牵魂之情。

初次尝到昔归忙麓山茶，我便深深被茶之美所诱惑。这片临沧的叶子，无时不在散发怡人的沉香，无时不在优雅地等待着有缘的茶人。我知道，我已经抵达了普洱茶那一方边疆高地。

茶之缘，使我诗意盎然，在茗香弥漫的茶室中，写下关于金融支持临沧茶产业发展的楹联："茶香墨香香临沧，茗品人品品农行。"

楹联表达着我对临沧的昔归茶最香，临沧的茶文化最浓，必将后来居上，光耀茶界，令茶人瞩目的良好愿望。中国农业银行临沧分行贷款支持的茶农和茶企，将以优质的佳茗好茶，助力中国茶产业发展。

至今，这副对联仍张贴在临沧农行大堂，还广泛流传于临沧茶人之间，悬挂于我的茗香书屋。

一张亮丽的名片

无论是昨天深藏，还是今天辉煌，临沧一直是中国古茶树数量最多、茶叶产量最大之地。据当地政府统计，野生茶树群落40余万亩，百年以上栽培古茶园10余万亩，茶园总面积130万亩，是名副其实的"天下茶仓"，是普洱茶的最后一片净土。

茶，绝对称得上临沧一张最亮丽的名片。这里的每一座高山，都是古茶树的海洋；每一片茶叶，都充满着自然野性。在春天，随处可见雀舌般灵动的茶叶在古茶树枝头啄食雨露，昂首天空，撩拨人心。大自然滋养着的这些茶树，主干高大，亭亭如盖，若想采摘茶叶就必须得冒险爬上高高的树干和分枝。

那一片片被印度洋吹来的温润之风掀动摇曳的古茶树，那一缕缕飘荡在嗅觉味蕾的香甜滋味，令今天的无数茶客魂牵梦萦，在普洱茶江湖中留下了永恒的记忆：昔归最香，冰岛最甜，勐库最醇，古树茶最干净，变异茶最稀少。

只要喝到临沧茶，我便会忆起在临沧工作生活的七年时光，怀念那段在羞涩的杜鹃花之中、如雪的大白花面前、翠绿的古茶林里、心灵至美人群中的诗意岁月。这是我金融人生中事业最有成就、生活最宁静的一段难忘时光。

人生似茶，茶如人生。茶树吸入了土地的养分，散发出纯美的气息。品茶，就仿佛是在品人生：拿得起放得下、沉浮一瞬、先苦后甜、先浓后淡……

临沧茶山

　　临沧人对原生态的敬畏和保护，助推了临沧茶的品质提升。临沧茶优良的口碑，又在当下普洱茶热潮中回馈了临沧人，使千百年来始终处于原始、贫困深山的茶农摆脱贫困，用茶叶换得财富，用金钱去投资保护古茶树，良性循环地开启又一轮振兴美丽茶乡的新征程。

　　临沧茶历经千百年涅槃，终于厚积薄发，展现出重生之美、难忘之魅，脱颖而出，惊艳了今天的普洱茶界。

　　茶是大自然对临沧的赠礼，是上苍对临沧的恩泽，更是一种穿越千年的智慧。临沧茶重出普洱江湖，这种因天地之大美，沁茶人之清心的过程给了我许多有益的启迪，也给我的金融人生上了一堂朴素的哲学课。

　　茶的自然属性，教会我淡泊物质，在嘈杂的世界安自己的心。我时常从临沧茶的色香韵味中感受生命中曾经美丽的风景，逐利的心态、浮躁的思想最终在一壶茶中销蚀沉淀。譬如职位和金钱，是许多人追逐的目标，若过度在意，极容易心态失衡。而作为金融人，手中握有一盏茶，除了解渴，还可以使人清心、安详，使人通悟、沉思，使人慢慢摆脱欲望这一人生最大的桎梏。

茶的本质是奉献，是一春之闪现。茶在沸水中献出香韵是其本质的绽放和必然归宿。有人这样评价临沧茶："虽历经岁月洗礼，依然是美质超群，不争不傲，奉献无语。"一片好的茶叶，是大自然给人类最珍贵的赠礼。

临沧茶所蕴含的这种哲学思想，给我的金融人生打开百道障门，启迪深刻。人在茶水升腾的氤氲里，心结很快随茶韵悄然解开，焦灼便会随茶香淡然，最终达到人茶合一、心相一体。正如文化学者于丹所言："有心之人，不妨将喝茶当成生活中一个小小的仪式，静心与清茗相随，定然有所体悟。清茶洗涤过的一生，必有不同的滋味。"

这是何等平淡而又深邃的茶文化境界，又是何等清简而玄远的哲学情怀！

茶文化的最高境界—静心，使我常常不忘初心，不忘本性，永葆对好茶品质的敬畏之心。用茶之醇、心之静、水之洁修炼人品，奉献出一部部关于临沧金融的作品，写下一篇篇关于临沧佳茗的文字！

一方水土养一方人，一方水土也养一方茶。一般来说，优质的普洱茶应该具备三大条件：大叶种原料、晒青工艺、储藏环境；七个特征：原料较好、条形完整、汤色明亮、香气悠长、回甘润喉、茶气突出、韵味之美，而临沧茶恰恰具有上述好茶的全部特征。所以，当你的味蕾被临沧最具有代表性的昔归、冰岛、娜罕俘获之后，你还要明白，临沧尚有数不清的山头好茶，仍未被人熟知，尚未有人追寻，还等待着有缘人去找寻、遇见。

早在大唐盛世，"茶圣"陆羽走遍大江南北访茶问茗，用尽一生心血著成《茶经》，成就了"一世茶人，千秋茶心"的美名。遗憾的是，因为山高路遥，瘴气弥漫，交通闭塞，加之那时彩云之南尚未纳入大唐的版图，陆羽的双足始终未能踏上云南这片神奇的土地，错过了与澜沧江中域两岸一株株古茶树相遇相识的缘分，亦辜负了众多古茶树在滇西南数千年宁静痴情的等候。

澜沧江两岸这一片绿色海洋般的植物，早已成为地球北回归线最后的一片氧吧，而那藏匿于万千古茶树上茶叶的甘美，也许就是人类未来的健康保鲜剂。

我想，假如你是一个爱茶之人，难道仅仅满足作为遥望者，仅仅倾听我讲述远方那些佳茗好茶的美丽传说吗？

不如我们相约，来一次临沧的茶文化之旅，用自己的目光亲抚那一片片好茶，去发现不一样的美；用自己的双手亲自揭开那一层层掩盖在临沧茶上的神秘面纱，找到心中的好茶，将临沧茶独特的芬芳韵味留于舌尖，留在永恒的记忆中。

那一片被称为"世界古茶树之都"的天下茶仓，大隐隐于市。不到临沧看看产量稳居云南之首的众多古树茶，不到秘境与众多佳茗好茶见见面，你能称为爱茶人吗？

且让我们一道翻过无量山，跨过澜沧江，从云县白莺山开启临沧茶之旅，看尽万种美景，千种风情；遇见你所渴望的佳茗好茶，追寻其香，目睹其影，品尝其韵，芬芳留舌……

第二章　一座普洱茶博物馆：白莺山

如果说博物馆像一所大学校，文物如同老师，可直观地向观众阐释、展示出风云变幻、跌宕起伏的历史变迁，那么，云县境内号称"遗世秘境"的白莺山，就是一座中国唯一的普洱茶自然博物馆。

在白莺山生长的野生茶、半野生茶、栽培茶等古茶树在漫长时光中有幸躲过了气候变化、火山喷发、地壳运动等自然灾害，有缘遇见钟爱茶的少数民族不断种植、保护，不同时空里的不同茶种，自然汇聚一处，群居茶山，作为世界物质文化遗产，直观地为研究、欣赏、普及茶文化提供近距离的考察范本。

在白莺山，你能看到古茶树从野生型向栽培型过渡的全过程。

白莺山地标

一生必去白莺山

如果你是一位爱茶人，你一生必须去一趟白莺山，尝尝"一山有百味"的感觉，看看上百万棵各类型茶树；如果你是一位普洱茶文化探索者，想弄明白今天的茶树是怎样一步步演化而来的，那绝对要在白莺山小住几日，详细了解这些古茶树作为"活化石"是怎样从中华木兰慢慢过渡到野生茶并通过不断授粉杂交演化成今天所见到的各种类型茶树。

"振叶寻根，观澜索源。"按植物学家公认的观点，中华木兰是野生茶的祖先。在第三纪木兰植物群地理分布区系特定的气候条件下，宽叶木兰逐渐演变成中华木兰。直到中生代末期的白垩纪，中华木兰的一部分后代慢慢进化演变为野生茶树、半野生茶树、栽培型茶树。

今天，也有一些茶学专家持有不同的观点，半野生茶树、栽培型茶树的祖先未必都是野生茶树，它们是各自在漫长时光中授粉杂交逐渐形成的，各有各的来源。

茶的进化过程让植物学家去研究探索。作为爱茶人，我们还是先去看看被称作古茶树自然博物馆的白莺山吧。

白莺山古茶园海拔在 1800 — 2300 米之间，位于云县漫湾镇澜沧江南岸大丙山腰部，南北长超 6 公里，东西宽超 2 公里，面积 20 余平方公里。从山顶到山腰，生长着 180 多万株、12 个品种的各类茶树群，其中树龄在千年以上的古茶树逾万株，百年以上的古茶树有 20 余万株。

绽放的木兰花朵

　　白云苍狗，逝水东去。白莺山山顶云雾缭绕，白莺翱翔，年轮沧桑的野生古茶树，翠绿成林，挤满山头。山腰上半野生茶和栽培型古茶树成片成片地依山附寨，或孤独站立田间地头，或挺拔矗立峡谷山岙。这些巨大的古茶树，枝繁叶茂，遮山蔽日，生机勃勃，见证着古茶树进化演变和人类栽培驯化茶树的历史。

　　白莺山被百万棵茶树缠绕覆盖，是茶的会所，茶的海洋，茶的世界。白莺山之所以被称为遗落深山的"茶树演化自然博物馆"，不仅是因为茶树数量规模庞大，还因为茶树种类繁多，记录着中华木兰渐渐向野生茶过渡，在漫长时光风雨中自然授粉杂交，基因不断组合，逐渐演变为各种类型茶树的神奇过程。可以自豪地说，白莺山是世界上独一无二的多类型茶树的起源地，是研究茶树演变的最完整的天然标本室。

　　走进白莺山，你会发现处处有惊喜，随时随地刷新你对茶的认知。随便看，每一片茶林都是一部现成的关于茶树进化的史书；每一棵茶树，都承载着茶的漫长历史和神奇变异之谜！

白莺山，古称"阿维中山"。因历史上白云浓雾萦绕，成群结队的白莺栖息于此生生不息而得名！

作为世界茶树之源，原生茶之地，白莺山自然成为茶与人、茶与禅、茶树与植物、茶树与飞鸟和谐相处的故乡。

1974年，云南省文物考古工作队在云县忙怀新石器文化遗址发掘出了石斧、石网坠、印模、陶片、石砧等新石器遗物，证明三千多年前古濮人就在白莺山一带生存繁衍，而古濮人正是当今佤族、布朗族、德昂族的祖先。

在临沧，濮人是古茶树最早的种植者和茶文化的传播者。今天，临沧大量的人工栽培型古茶树，便是当年濮人栽培驯化的。沧源远古时代遗留下来的两组采茶崖画，生动地记录了濮人采茶时的劳动场景。通过解读，沧源崖画描绘的茶叶为野生茶，是大自然馈赠给人类最初的珍贵的治病良药，早在上千年前，便成为濮人崇拜的原始图腾。

茶树一旦作为图腾对象，便成为"神"，被濮人不断种植和保护，甚至供奉起来。野生茶的基因就这样一代一代得以传承，加之茶树自身历经千年变异和进化，最终成就了白莺山茶树密集分布、品种丰富、精彩纷呈的天然茶树大宝库。

白莺山在十余年前尚无公路，仅有一条崎岖狭窄的山道可以通达。白莺山的茶，只能依靠马帮、拖拉机从弯弯曲曲、坎坷颠簸的小路运出山外。你要进山，也只能坐手扶拖拉机或乘大功率越野车，翻山越岭数十公里，艰难爬行数小时后，方可抵达。

2010年春，我慕名乘车颠簸数小时抵达白莺山，朝拜这座古茶树的发源之地。才进山中，便感觉进入古茶树的瑰丽世界。春天的白莺山，处处涌动着茶作为古老农业文明的原生底色："妹妹采茶凤点头，哥哥挑茶鲤鱼跃""阿维山中好地方，茶树成林满山岗"……采茶人抒情的山歌和着偶尔的鸟鸣，不时从一片片古茶林中飘来，给静谧的茶山增添了一抹浪漫的情趣。

歌声、鸟鸣从茫茫翠绿的茶林中飘来，采茶的妇女置身于浓密高大的茶树上，弹琴般的手指飞快地收获着嫩绿鹅黄的鲜叶。春风轻托着一行行白鹭掠过茶林上空，在蓝天上划下一道道银色的轨迹。

在这座以鸟禽命名的茶山，你的目光，随便追随任何一只白鹭，都会寻找到野生古茶树；你的脚步，只要循着任何一首茶歌，都会发现隐身于茂密的古茶树上采茶妇女的身影。这些人与自然和谐相处的唯美画面，浸湿了我的眼眶，震撼着我的灵魂，在我心中掀起激情敬畏的浪花。

这，便是携带着野生茶原始基因、让人日夜向往的白鹭山，一日看尽百种古茶树的自然博物馆，朝拜野生、半野生茶的圣地。

野生茶的原生地

植物学家认为，茶树变异最多的地方，最有可能就是茶的原生故乡，是茶种起源的大宝库。

白莺山从山顶到山腰，分布着大片叫作"本山"的野生茶，还有半野生的黑条子、二嘎子茶和各种人工栽培型古茶，如：勐库种、白芽子、藤子、柳叶、豆蔻、红芽口……茶树形状有乔木形、小乔木形、灌木形，叶片涵盖了特大叶、大叶、中叶和小叶等所有茶叶类型。

理论上，野生茶一般集中生长在山腰至山顶的原始密林里，源于自然的进化，不带有任何人工干预因素。现在，就让我们爬上海拔 2300 米左右，从生长野生茶的山坡开始追寻那些种类繁多的古茶树。

"本山"含义为"原本就是长在这座山上的茶"，是白莺山最早的野生茶，是中国最原始的茶种。明代大旅行家徐霞客途经澜沧江著名渡口神舟渡时，曾品饮过本山茶。

本山茶为大叶种，分布在白莺山高海拔地区，树干粗壮，长满苔藓，冠如华盖，叶片较小，椭圆形状，芽和叶光滑无毛，色泽油亮，茶芽微带紫红，杀青后的干茶显黑色。

本山茶保留着野生茶种的原始特点，带有一定的中药性，苦而不涩、茶气足、野花香。一些不常喝野生茶的人，如果饮用过浓的茶汤或量稍多一点，便会茶醉，产生失眠或类似晕眩等不适

本山茶鲜叶

感觉。但是，本山茶刚中带柔，开始喝时有王者霸气风范，但野性过后，会有一种柔和婉约的舒适感。

据白莺山茶农介绍，在 20 世纪 80 年代以前，生活贫困，当地人是不太喜欢喝野生本山茶的，生活本来就缺油少食，若再喝本山茶，肠胃被野性的茶汤搜刮得饥肠辘辘，心慌意乱，肚子饿得极快。

与所有野生茶一样，本山茶每年仅在春天发芽一次。原本不受人欢迎的本山茶，今天却被越来越多的人熟知和追捧。本山茶原生的野性，有去腻、减肥、排毒、降脂、利尿的特效。在食品油腻、可选择种类丰富的当下，非常适合有瘦身和降"三高"（高血脂、高血糖和高血压）需求的人群品饮。本山茶饱含野生茶的遗传基因，产量稀少，又有药用功效。如果存储三年或更长时间，其陈香会越来越浓郁，有较大的收藏价值和升值空间。

半野生茶的家园

半野生茶是野生茶的茶籽受到地震、风雨、山洪、飞鸟等大自然外力作用，滚落至山腰土壤中生长发育，在漫长时光中与其他茶树授粉杂交变异形成的。它们介于野生茶树和栽培型茶树之间，混合着众多野生茶的遗传基因，叶片逐渐变大，茸毛开始显现，是研究中国古茶树进化、变异和栽培历程的重要物证。

在海拔 2000 米左右的白莺山腰，便是众多半野生过渡茶的生长地。白莺山的半野生茶以黑条子、二嘎子为主要代表。黑条子古茶树，粗壮高耸，野生茶的基因携带得较多，芽面较小，光滑少毛。在白莺山的所有茶中，黑条子茶叶颜色最黑，即使制成干茶，也很难寻找到一根白毫，故称之为"黑条子"。

黑条子茶汤色金黄透亮，入口时有轻微的甘苦，与本山茶相比，其茶气的霸道劲虽稍逊一些，但只要多喝几杯，仍感到有一股热气由后背冲向脖子和后脑。如果你慢慢品味，透过"霸气"之后，会感到水路柔绵，有甜润生津的功效，整个喉咙留有一种野花蜜般的甘香。

毕竟是介于野生与栽培之间的过渡型茶种，黑条子虽然充满"霸气"，但这种"霸"不像野生本山茶瞬间外显，它的山野气给茶人的体感十分强烈，品饮之后常伴有后背、额头等局部发热出汗的现象。

白莺山另一款半野生茶名叫"二嘎子"。"二嘎子"在当地人的含义中有"似是而非"之意，用来特指二嘎子既不像野生茶也不像人工栽培茶，而是介于野生与栽培型之间的一种过渡型茶种。

黑条子古茶树

　　白莺山腰，沟壑纵横，一棵棵二嘎子古茶树分布其间，自由生长。只有在春天，茶人们才小心翼翼穿越山峦丛林，爬上二嘎子茶树，采摘下幼嫩的一芽二叶。二嘎子茶树高大粗壮，枝干上布满了碧绿的青苔，芽口有一点点茸毛，但叶片光滑无毛，说明野生茶在向栽培茶过渡中，已经发生了一定程度的变异。茶树根脚下，腐烂的草叶堆积，土质肥厚，一棵棵茶树吸饱了山林间的野气与地下的营养能量，集精华于一芽二叶之中，造就了二嘎子茶气足、滋味佳的独特品质。

　　在自然界，茶叶颜色普遍是青绿，而二嘎子茶的鲜叶则显得翠绿，叶面光滑，色泽油亮，让人一看即感觉其是原生态的高山好茶。它的干茶条索也不同于大部分茶的墨绿，而是呈现黑亮的色泽，这是在外观上分辨二嘎子和其他茶叶最明显的区别。

在白莺山观赏半野生茶，必去熊家村和中村组，看看那两棵分别被称为"二嘎子茶王""黑条子茶王"的古茶树。"二嘎子茶王"矗立于熊家村中，树龄2800多年，高10.5米，根部基围3.9米，有11个分枝，树冠宽阔，枝叶茂盛，每年可采50多公斤鲜叶，是目前云县发现的最大的一株古茶树。"黑条子茶王"屹立于中村组不远的一处坡地，树高10.8米，根部基围2.86米，树龄在2600年以上。

"二嘎子茶王"树

　　两千多年来，它俩默默守望着白莺山，任凭风吹霜打，日晒雨淋，依然昂首挺胸，郁郁葱葱。它们历经千年时光，阅尽白莺山中日升月落、人来人往、生生死死和沧海桑田，最终成为过渡型古茶树的王者！

　　白莺山的布朗族有一个古老的习俗，始终把这两棵过渡型茶王树当成图腾崇拜。每年春茶开采前，都要朝拜茶王树。自 2017 年起，对茶王树的朝拜发展成为国内外一些茶商和当地群众一起聚在"二嘎子茶王"树下举行盛大的祭茶和开采仪式，称为"开茶节"。

　　"二嘎子茶王"虽然在普洱茶界不显山露水，但不鸣则已，一鸣惊人。2020 年 3 月，"二嘎子茶王"的春茶采摘权以 50 万元人民币成交；2021 年 4 月又以 88 万元的价格，将单株采摘权卖给了外地的茶商，再次创下白莺山古树茶的价格新高，扬名整个临沧茶区。

　　二嘎子茶的野性，主要体现在其独特的香气上。野花般的香味完全融于汤中。其茶汤饱满，苦味瞬间化甜，回甘生津明显，这是品尝二嘎子茶的奇妙所在。

　　无论黑条子或二嘎子，只要喝上一壶，必定令你爽心怡情，有犹如置身白莺山中漫步沁汗的奇妙感觉。

　　人工栽培的上百万株各类茶树主要集中在海拔 1800 米左右的山中，部分与黑条子、二嘎子杂居共生。这些栽培型茶树，或成群连片，或依村附寨，高大叶茂。行走其间，听得见鸡鸣狗叫，看得见炊烟袅袅。

　　白莺山村寨，房前屋后都有茶树，满山遍地是古茶，昭示世人，这里是一部茶类缩影史，一方茶树起源地。

是否和尚种的茶

在茶的世界，没有哪一片比白莺山古茶树更有佛性，更有历史韵味，让我心怀敬畏，多次前往朝拜。

白莺山，云南古茶树最集中的地方，耸立于澜沧江北岸、茶马古道神舟古渡旁。这是一片古茶树的天堂，一座佛像、众僧居住的神山，更是明朝旅行家徐霞客漫游云南时品饮本山茶的驿站。山下，澜沧江水日夜奔流；山腰，上百万棵茶树聚集成茶仓，将茶的进化过程毫无保留地向天地坦露。

进入白莺山，我耳旁会传来昔日古道上清脆悠扬的马铃声，脑海中会浮现出白莺山中大河寺香烟袅袅、众僧云集的场面。遇见这些古茶树，我仿佛融入了佛茶圣地，走进了僧人慈善的目光，思绪陷入往事尘烟，久久不忍离去。

茶人常说"禅茶一味"。相传数百年前，佛与茶有缘在此相遇。在唐宋时期，佛教传入南诏、大理，一度盛行。白莺山因为地处澜沧江中游，茶马古道穿越其中，出行便利，入则宁静，更因为这里生长的众多远古时代遗留下来的野生茶树，漫山遍野，自然成林，出家修行路过此地的僧人被它天然的茶资源宝地和靠山临江的风水所吸引，便逐渐云集于此，依靠化缘并联合当地村民集资建起了一座佛寺——大河寺。从此，僧人、香客纷纷慕名前来，大河寺香火越来越旺，逃难避灾的各方流民也陆续在山中定居乐业，融入当地少数民族生活中。

　　自唐以后，禅宗盛行。僧人信仰佛心向善、清心寡欲，茶的天然宁静属性，使佛家种茶、饮茶成古风。一般佳茗好茶大都生长在寺庙附近，寺庙里的和尚几乎每天都要喝茶后静思、念经。僧人修炼，坐禅时间较长，甚至彻夜不眠。而茶不仅具有提神醒脑、消除疲劳、敏捷思维、防止念错佛经的作用，还能抑制人的欲望，静心拜佛向善。可以肯定，白莺山的僧人喜爱喝茶，广种茶树，并将茶文化推广到其他寺院。因此，白莺山茶也称为"佛茶"，白莺山亦成为"佛茶圣地"。传说寺庙里的僧人大都高寿，究其原因，他们吃茶的良好习惯或许是重要因素吧！

僧人们广种茶、会沏茶、善饮茶、懂茶礼，还斗茶，对民间产生了巨大影响，带动了白莺山附近的村民敬畏茶树、种植茶树、爱护茶树。这可能是白莺山拥有宽广胸怀，能拥有百万株好茶的最合理解释。

佛家推崇"禅茶一味"。白莺山大河寺的众僧亦爱茶，吃斋念佛之余，必定饮茶解渴、清心。最先品饮的野生茶，可能略带药性，香甜味欠佳，众僧为了改善口感，率先捡拾白莺山中的野生茶种人工栽培，慢慢驯化，育成苗后在寺庙周围广泛种植。这些人工种植的茶树，经过与周边的茶花授粉杂交，其茶质得到明显改善：既有野性的霸气，又有香甜的柔性。

大河寺的僧人不愧为较早的茶人。他们不仅能细分出白莺山中的各种茶类并对其形象命名，还破解了古茶叶密码，懂得将野生茶种人工驯化，授粉杂交，让其在漫长时空中发生变异，得到口感香甜、味蕾舒适的好茶。

僧人借助其宗教影响力，把佛家爱茶、种茶的理念及时向众生宣传推广，引导当地人喝茶识茶，修身养性，推广好茶，广植茶树，开启了白莺山栽培型茶树大规模发展的历程。

僧人一生乐善好施，曾联合当地百姓在一条青石条块铺就的崎岖道路开集建市，逐渐形成了一条连通街，方便当地村民交易山货商品。白莺山上的茶农赶着骡马，驮着茶叶来到熙熙攘攘的大河街交易，换回所需的盐巴、辣子、布匹、粮食等。

在僧人的影响下，为推广优良茶种种植，每年农历三月十六，当地族长会联合起来，牵头组织村民举办盛大的"赶茶会"，开展一系列品茶味、评精品、贡茶叶、推良种等市井活动。据当地老人介绍，第一届"赶茶会"是从1886年开始的，由蔡昌瑞道长主持，盛况空前，甚为热闹。"赶茶会"直到蔡道长仙逝才停息，共持续了66年。"赶茶会"的详情曾经作过文字记录，并装订成册，存放于寺庙中。可惜，这些珍贵的文字资料后被损毁，消失殆尽。幸运的是，作为茶进化演变的另一种"活化石"记录——古茶树，却因为数量众多，偏居深山而幸运地得以保留下来并不断茁壮成长。

僧人识茶、种茶、推广茶的故事无据可查，在临沧一直是传说。白莺山众多栽培型古茶树是僧人所种还是当地濮人所栽，至今仍是谜。但今天的白莺山，栽培型茶树与野生、半野生茶树混杂群居，漫山遍野，成为唯一的古茶树活化石、茶树演化自然博物馆却是不争的事实。

白莺山周围居住着布朗族、拉祜族等世居民族，有25个村民小组。因为雨水充沛、日照充足、土壤细腻、生态良好，千百年以来，这些濮人的后裔依山建寨，在村寨周边、房前屋后广植茶树，与茶树为邻，和谐相处。随着时光流逝，当年的小树已经长成大树，大树变为今天的古树，野生驯化为人工栽培，成长为茶林，形成了林茶互生、人地共荣的古茶树自然景观。

白莺山栽培型古茶树的数量、品种众多，有叶形偏小的白芽子茶、枝如细藤的藤子茶、形似柳树叶的柳叶茶、叶片短小如指甲的豆蔻茶、叶片如关公般黑红的贺庆茶、芽尖白色芽身黑色的白芽口茶……与野生茶相比，栽培型茶无论是外形还是内涵已经明显发生了基因变异，叶片变大，芽和叶长出茸毛，滋味也变得柔和。

如果用几句话来形容白莺山古茶树的口感，那便是在澄亮的汤色中，飘出野花一般的清香，带有花蜜似的甘甜，甜而不腻，苦而不涩，清香润喉。这种口感，犹如白莺山的茶农，见多了茶树上成群栖息的白色鸟群，波澜不惊，既不惊讶又不炫耀，亦不自卑。

诚然，仅仅走马观花地浏览白莺山，仍然解不开白莺山留给我们的众多之谜：为什么在20平方公里这么小的范围内，会隐藏着如此众多不同类型的古茶树？为什么这里的古茶树会演变出如此丰富的变异种？为什么茶和佛在此结缘，白莺山茶会被称为"佛茶"？僧人、濮人与茶树，是怎样相生相依和谐地度过漫长历史岁月？

　　从前的僧侣、濮人，今天的上百万株茶树，始终被朵朵白云和山雨雾岚笼罩着，时而迷茫，时而显现。寺离不开山，山离不开茶，茶更离不开人。可惜的是，大河寺早已毁于历史的硝烟中，只留下一方残垣断壁，僧侣早已隐入尘烟，无法向今人述说究竟是谁种下那些沧桑翠绿的古茶树以及它们不断变异出好茶的种种传奇故事。

　　白莺山古树茶是什么味道？这要取决于你喝的是哪一种茶。一山有百味，是白莺山茶的真实写照。总体看，白莺山古树茶普遍有野生茶的粗犷不羁、半野生茶的先霸后柔、栽培型茶的柔甜醇和，是一款大开大合很男人味的山头茶，但它的香气与勐库茶相比稍逊一筹，滋味稍薄。

　　白莺山茶产量较大，种类繁多，长期以来不温不火。而白莺山特殊的珍贵价值在于它恐怕是地球上古茶树数量最多、古茶树品种最全、稀缺茶资源最集中的核心区。

　　2006年5月，中国首届茶文化博览会"茶之源"学术研讨会在临沧召开。经中外茶学专家考察后，白莺山被确定为世界茶树基因库，

茶树起源进化的活化石。当年，澜沧江茶业董事长刘光汉先生借助茶文化博览会之机，首次在白莺山中建立初制所，收购各种古树鲜叶，开始向市场推出一系列白莺山古树茶。

2019 年，云南白莺山誉安茶文化发展有限公司董事长李绍连携手当地资深茶人沈天安，以独特的眼光，投入巨资，建成集茶叶加工、茶旅体验、休闲观光及茶文化传播于一体的综合性企业，专注本山茶、黑条子茶、二嘎子茶、勐库茶以及古树红茶等各类茶的专业制作，打造"让爱茶人都喝得起的原生态古树茶"。可以预见，白莺山众多古树茶将会以较低的价格占领市场，成为爱茶人喝得起的古树纯料。爱茶人抵达白莺山，可下榻民宿小住几日，亲手摘茶制茶，体验白莺山丰富的茶文化和悠久的茶历史。

2021 年 5 月，来自全国的著名茶叶专家云集白莺山，正式将"白莺山茶树演化自然博物馆"的牌匾悬挂于雄伟高大的山门门楣。不少专家预测，不久的将来，白莺山将会被打造成中国茶、旅融合的一个典型标杆。

白莺山与澜沧江互相依偎，僻处一方，幽归一隅。漫步白莺山，山风携带着古茶树的暗香，携带着澜沧江的湿润气息拂面而来。一棵棵古茶树仿佛天上的日月一直映照着你，又如身旁的风雨一直拥抱着你。

面对这些高大沧桑的古茶树，我依依不舍，感觉自己也站成一棵茶树，融入这座茫茫茶山深处，期待与远方的茶人和茶席结缘，同演一场人与茶相遇、相依、相恋、相品的浪漫故事。

佛家云：心无所住，皆因心有所往。作为茶树演化自然博物馆和佛茶圣地的白莺山，哪有茶人不向往的道理。可以预见，白莺山将最有可能追随景迈山成功申遗的步伐，成为未来云南申遗的首选，成为聚焦世界茶人目光的茶圣地。

白莺山古茶树，是否和尚所种？答案已经不重要了，因为除了野生茶为自然生长之外，又有哪一棵不是我们祖先种下的呢？

第三章 五韵让往昔归来：忙麓山

生命中没有一件事是偶然的，人与茶的相遇也如此，必定有向往的缘分。

我对昔归忙麓山茶情有独钟，被它唯美的品质与高香所诱惑也绝非偶然。

澜沧江畔忙麓山

诗意的存在

从青藏高原奔流南下的澜沧江，来到临沧邦东乡境内时，由于受无量山脉阻挡，野性十足的它突然变得温顺起来，向东南方向缓缓转了一个身子，把热情奔放的江水化为忙麓山脚下一湾平缓宁静的江流。

这一片山湾江流，傣语名叫"昔归"。昔归，让往昔归来，昨天的故事在今天重现。这名字，缠绵又迷离，让人思绪万千，心情温柔了几许。

这里残留着茶马古道的痕迹，是春天茶人寻茶汇聚之地。昔归背靠邦东大雪山，面朝澜沧江。马帮跨越澜沧江的必经之地嘎里古渡静静躺在这里，澜沧江北岸昔归茶的正宗产地忙麓山的佳茗好茶守望在这里。

忙麓山，就像一个美丽的傣族新娘，依偎积雪的邦东大雪山，沐浴雪山流下的泉水，投入澜沧江的臂弯，接纳江风雾岚的爱抚。漫长时光和独有的地理气候，孕育出昔归最纯美的品质，把天下最香的好茶贡献给这片江山组合的温暖土地。

昔归忙麓山海拔较低，属亚热带季风气候，云雾缭绕，是普洱茶界一个神秘的存在。江湾、古渡、古道、古茶、雪山、傣寨组合成这片诞生好茶的美丽风景。正因为茶种、雪山、湿度、朝向、红壤和澜沧江畔低海拔的高温、高湿，成就了云南普洱茶中的精品昔归茶。昔归茶以其特有的胭脂香味、山野气韵，回甘悠长，现已成为茶人喝过就永生不忘的佳茗。

在我心中，忙麓山是昔归茶的正宗产地，是昔归茶的灵魂所在。或许是个人偏好，或许是忙麓山茶与热爱它的人心心相印，让我在它名声远扬之前便有缘邂逅它，品味它，迷恋它，弘扬它。

在临沧工作时，受它高香、味苦、甘甜分层次韵味的诱惑，我曾经多次沿着崎岖山路，来到邦东乡忙麓山，在澜沧江西岸驻足观赏它满山翠绿的风姿，在茶农简陋的茶席感受其氤氲茶香的美妙，试图揭开昔归茶高品质的植物奥秘。

昔归，一个最诗意浪漫的茶名。它的价值不是外在肤浅的颜值，而是最具魅力的花朵绽放时的高香。它给人富有层次的味蕾体验，润物无声，令我久久迷恋。在豪饮之后无眠的夜晚，味蕾遗存的缕缕浓香，令我回味无穷。我热情提笔，为它写下一首赞美的诗篇《昔归五韵》。

一团昔归，抱紧自己的香

在壶中等待水

等待一道小小的热流瀑布

滑下，用膨胀的身体

打开你五韵之门

一韵给我胭脂香

赐我芳菲，取悦嗅觉取悦嘴

缕缕浓香，每缕皆佳人

诱我握住纤纤素手

昔归古茶树

你，占尽所有茶的荣耀和资本

二韵给我草木苦

赐我苍茫，那短暂的苦

染一世沉浮，暖人生苦短

教我拿得起疼痛，放得下辉煌

你，是一门人间朴素的哲学

三韵给我蜜糖甜

赐我蜂房，那香甜的茶汤如流动的蜜

滑入口腔，直抵灵魂

酿我的嘴成花朵，赞美一款茶的前程

你，甜我，胜过甜所有茶人

四韵给我茶气霸
赐我雄性，那来自古树的霸气
三杯冒汗，三泡醉茶
催我英雄纵马，为江山为知己剑在手
你，将所有英雄的回忆化成孤独

五韵给我文化味
赐我往昔，把旧时光抚摸一遍
汤色是金的，味蕾是糯的
茶之柔，将我倒伏的故事扶起
你，用宁静治愈人间百病

昔归的诱惑来自临沧
昔归的张力源自五韵
在金黄的汤色中与你相遇
我便会看到千里茶山嫩绿的翅膀
正越过澜沧江早春的门槛
欲向天，欲向大海的方向飞翔
此时，忙麓山亦在茶人眼中
忙碌起来，闪亮并丰满起来

　　昔归忙麓山茶兼具刚猛强劲与柔和温雅，冲泡时，有序地呈现出极香、极苦、极甜、极霸的韵味，奠定了其在普洱茶江湖中的至高地位，使其成为云南澜沧江畔最具有诗意的普洱茶。

低海拔的奇葩佳茗

　　昔归，忙麓山脚下、澜沧江西岸、嘎里渡口之畔的一个傣族寨子。昔归，傣语音译，意为"搓麻绳的地方"。由于茶马古道要跨过嘎里渡口蜿蜒延伸，商人和马匹需要在此过夜歇息，或卸货，或收茶、囤茶、装茶。由于捆茶、运茶需要大量麻绳，昔归傣族人便从山中采集野生的麻，人工搓成麻绳出售，换取盐巴、粮食等生活必需品。因此，傣族人就把这一个以搓麻绳为生的寨子叫作昔归。

　　那么，昔归茶和忙麓山茶有何区别联系呢？据明末清初编写的《缅宁县志》记载："种茶人户全县约六七千户，邦东乡则蛮鹿、锡规尤特著，蛮鹿茶色味之佳，超过其他产茶区。"这里说的"蛮鹿"，现称为"忙麓"，"锡规"现写作"昔归"。

　　《临沧县志》详细记述了茶人对忙麓山茶的评价："较名贵的初制青茶是忙六茶和晓光山茶。忙六茶产于邦东乡忙六村，茶水的浓度高，清澈，经久耐泡，饮后爽口回味。"

　　从这两本地方志书中可知：旧时，忙麓山茶（忙六茶）仅仅限于忙麓山，范围较小；而昔归茶既含忙麓山，又包括昔归村周围所产，范围较广。二者是有严格区分的，品种既分开，价格也不同。不像现在忙麓山茶与昔归茶互相交融混淆，非懂茶人不能辨别。

　　在当今普洱茶市场上，因为昔归茶品质高、文化味浓，市

柳叶形昔归鲜叶

场认可度高，加之忙麓山归属昔归村所有，茶树已经分配给昔归村村民，所以，无论是忙麓山出产，或是昔归村周边附近的茶，统统称作了昔归茶。

从地理角度来讲，今天称谓的昔归茶，范围要比忙麓山茶广泛得多，产量也大得多。但懂茶人始终认为，只有忙麓山所产之茶，才是正宗昔归茶，品质才算上等。

忙麓山出产的昔归茶，冲泡时，能分层次呈现出"五韵"特征，深刻地留在茶人的味蕾中。而非忙麓山出产的昔归茶，"五韵"特征略淡，高香和霸气与忙麓山相比，显得不够强烈。这是辨别昔归茶是否为忙麓山所产的唯一标准，也是识别真假忙麓山茶的"试金石"。

"汲来江水烹新茗，买尽青山当画屏。"昔归忙麓山茶的灵性来自秀美的山川。古茶树栖居海拔较低的忙麓山，"头顶大雪山，脚踏澜沧江"，面朝东方，早迎朝霞，晚送夕阳。按照"高山云雾出好茶"的说法，忙麓山海拔仅 700 多米，属亚热带季风气候，是很难诞生出好茶的。但忙麓山茶却不循常规，意外地生长出这款神秘佳茗。

当你踏上忙麓山，吹着拂过澜沧江畔的微风，看着摇曳多姿的古茶树，品尝一壶用山泉水沏出的茶汤，也许你就会被这款低海拔的高香佳茗深深吸引，念念不忘。

为什么在澜沧江岸如此低海拔的地方，会产生如此高品质的茶呢？其实，这个疑问，陆羽在《茶经》中早已对与忙麓山茶生长习性相似的茶生长环境做出了圆满的解释："其地，上者生烂石，中者生砾壤，下者生黄土。"

昔归忙麓山茶的高香来自土壤。忙麓山土壤为澜沧江沿岸典型的赤红壤混杂着羊肝石碎块，土层虽浅薄疏松，但透气性能好。茶树为了生长，根须必须不断深扎，吸食大雪山渗透来

昔归团茶

的水分。茶园中，随处可见被当地人称为"羊肝石"的风化石，这种风化石富含矿物质和微量元素，风化后石质疏松，使土壤表层有机质丰富，能给茶树带来充足养分，为产出优良品质的茶叶提供了条件。数百年来，这些茶树以顽强的生命力，咬定青山，久久为功，根系深深扎入这片砾壤和烂石之中，迎着山风雾岚，最终形成了"岩韵花香"的滋味。

忙麓山茶的霸气源自低密度种植。忙麓山到处分布着石头和羊肝石碎块，种植时，难度较大，使得茶树与茶树之间的距离较远，每棵茶树都能吸收到充足的阳光、雨露和大地精华。

忙麓山背靠邦东大雪山、面朝澜沧江，常年云雾缭绕，形成了日照时间短、太阳直射光少、漫射光多的特殊小气候。来自邦东大雪山东南坡下沉的冷空气，与澜沧江抬升的暖湿气流在此交汇，形成厚厚的积雨云，让忙麓山笼罩在氤氲之中。云雾中的水分滋润着忙麓山茶树，而阳光穿过云雾照射，又形成茶树非常喜欢的漫射光，独特的地理气候、土壤和海拔造就了忙麓山茶高贵的品质。

忙麓山古茶树树龄大多在三百年以上，属典型的人工栽培古茶园。几代茶农使用"留顶养标"的古老园林工艺，精心修剪，时间一长，茶树的枝条即成为藤条状，呈现出古茶树修长的藤条美。茶树形状如巨伞，藤蔓伸展，枝条顶端茶叶茂盛，阳光和风雨几乎能光顾到每一片茶叶。忙麓山面向东方，地处向阳坡，时时在阳光沐浴之下、雨雾滋养之中，造就茶叶的上等口感。

藤条养护方式，使茶树汲取的养分集中输送到藤条顶端的鲜叶，保证了茶叶所需要的营养物质。忙麓山昔归茶外形"黑、长、直"，似柳叶，细而长，黑荆条，背无毛，人称"藤条茶"或"柳叶茶"，正是茶农在漫长的茶事生产中，独创的顶部留叶、侧部修枝长期管养的结果。

忙麓山古茶树形状优美，长长藤条似妙龄少女披肩的长发，美得被世人追捧。杀青制成干茶后，条索乌黑发亮，像柳叶一样修长纤细，芽头较少，茶毫不明显，条索笔直细长，不同于其他干茶弯弯曲曲。

置身忙麓山古茶园，赏江畔之朦胧，观远山之绵延，嗅古茶之浓香，闻虫鸟之鸣啼，品昔归之香韵，听溪水之清脆，似梦似醒，亦真亦幻，让人流连忘返。

昔归茶园

从忙麓山顶遥望，可清楚地看到山脚奔腾的澜沧江，看到山坡上这片古茶树被周围众多红椿、香樟、大叶榕、橄榄、芒果等植物层层环绕。茶树充分吸收了百种草木的芬芳，从而滋养出昔归茶独特的滋味。

无论过去还是现在，每到采茶季节，整片茶山便呈现采茶人、运茶人忙碌的景象，忙麓山之名或许得于此吧！

忙麓山古茶园面积大约600亩，养在深闺，大器晚成，如今声名鹊起，魅力四射，赞誉日盛，追求者众，在普洱茶江湖中，逐渐形成与班章、冰岛三足鼎立之势。

昔归的阳刚之美

老班章茶气强劲，在普洱茶界称王称霸；冰岛甘甜温婉，在普洱茶界被誉为皇后美人。相比而言，昔归茶介于二者之间，既有班章霸气之"野"，又有冰岛甘甜之"韵"，可谓刚柔并济，香气与霸气并存。

昔归的阳刚之美并非一入口就能感觉到，而需慢慢品饮，才能感受到它的外柔内刚。正是昔归茶这种独有的刚柔兼容口感，被诗人赞道："百川东到海，何时泡昔归？香甜似冰岛，茶气班章追。"

传统的昔归茶沿袭了古老的制茶技艺，以忙麓山晒青毛茶土法蒸压制成团茶，与当下流行的饼茶相比，表面小体积大，更利于包装运输、保存发酵和留香存韵。因此，它被称为"天生就预示着圆圆满满的茶"。

只要拿起一团产自忙麓山的昔归，接近一嗅，浓厚的香气便扑鼻而来，让你情不自禁地随口惊叫："好香啊！"

昔归之美，表象美在茶的色香味，而其内在美可使人获得一份惬意浪漫的心情。我们在品尝此款茶时，深感其胭脂香、茶气霸、韵回久、甘味长，有一股刚烈后的柔情之美。

我曾经喝过一团二十年前昔归忙麓山老茶，茶魂凝聚，极其动人。当茶汤从壶中倾泻而出，一股由浓烈的菌香、陈香交融而成的胭脂香瞬间升腾，弥漫茶席，在空气中持久飘荡，宛

昔归老茶

如一位佳人莅临身旁，体香萦绕，令人痴迷。

茶汤入口，舌面会被短暂的苦充盈，可静待几秒，苦味瞬间化甜、甜中带蜜，生津迅猛。几杯过后，它的山野之气渐渐显现，犹如热风笼罩身体，额头脖颈开始冒出汗津，腹部逐渐暖和，喉韵深远，有舌底鸣泉之感。此时，即使你喝下一杯白开水，口中亦如同嚼过橄榄，甘甜绵长，让你欲罢不能，美不胜收。

昔归茶香气至高，冷香至极，香为植物的胭脂香，绝对不可能拼配。有人说，一旦爱上昔归，就像爱上一位刻骨铭心的恋人，便不忍离去，再喝其他茶便感到淡然无味。

如果说甘甜的冰岛茶有女人味的话，那么霸气的昔归茶可称为男人茶，具有男子汉的阳刚之美，任你十泡八泡，甘味绵长，茶性十足。

慢品昔归茶，犹如品味男人的阳刚之美。它的滋味像成功男士的气质，一种沉默已久的语言，一经开口，便会令茶人对之情有独钟，期待再来一场又一场与之依恋不舍的约定。

昔归虽具有男人的霸气，但没有侵略性。它，润喉细无声，喝得越久，爱得越深。

今天的昔归，由于澜沧江下游拦水筑坝，建设糯扎渡水电站，水位抬高了，昔归村不得不随着上涨的江水从嘎里渡口附近往忙麓山坡搬迁，江水与茶树接近，村寨与茶树相邻。也许，人类的活动改变着昔归茶的生长环境，导致某些年份原本吸纳的高香、甘甜滋味与十年前相比，有些许逊色。

不知多少次，我久久站立在忙麓山古茶树旁，用目光捕捉翻滚的澜沧江水波，追寻茶马古道上嘎里古渡昔日的辉煌，回味忙麓山高香的原本滋味。江水一去不复返，流不去的只有忙麓山上释放的茶香仍忙碌地给远方的壶注入着一丝丝生命的翠绿。

忙麓山天生奇茶，茶产量不多，追逐者众，每一壶茶汤都是珍品，每一口都蕴藏着它依傍的高山的雄性与江水的柔美。

忙麓山的灵魂在于它地理的原生态和唯一性，在于澜沧江上空舍不得离去的积雨云。人生的一段岁月，如能在昔归忙麓山的茶香中择山水而居，与森林共存，与鸟声同唱，与绿色共眠，必将是一大幸事。

每当我闻到昔归忙麓山茶香，心中便会升腾起一种让世间充满真善美的良好愿望，祈愿世界一切皆如这盏茶汤，甜蜜纯美，茶香飘荡如鸟飞翔，海阔天空，尽善尽美。

每每喝到昔归忙麓山茶，我不再追寻窗外的春花秋月、繁花硕果、四季轮回，不再为春花入泥而悲情、不再为残月高悬而伤逝。因为在茶席间，昔归茶的每一缕高香、每一盏汤色，无不盛满了临沧春天的滋味。

我还需多此一问：春天在哪里、春天何时归吗？

第四章   珍稀的皇家贡茶：娜罕

云南是茶树的发源地。茶树的起源远比人类的起源早千万年。

茶，有着许多美丽神奇的传说，神农氏吃茶便是其中之一。相传上古时代，原本是一片树叶的茶，在与神农氏相遇后，被当作一味解毒的药推广于民间。神农氏为了治病救人，尝遍百草，一旦中毒，便饮茶解之。因此，神农氏被认为是中国历史上第一个吃茶的人。

除了药用这种功效外，谁又能想到，在中国历史上，茶还是维护边疆稳定的物资。

守护边疆的资源

历史上，北方的游牧民族以牛羊肉食为主，这一饮食习惯往往会导致肠道消化不良等健康问题，而茶有帮助消化肉类和乳品的神奇功效。因而，这些北方游牧民族迫切需要茶当作日常饮品，以补充身体维生素，助力消化。但茶为"南方之嘉木"，对北方少数民族来说，是稀有商品。

在冷兵器时代，战马直接影响军队的战斗力，对于中原王朝来说，茶叶是换取北方游牧民族战马的最佳交易物品之一。自唐朝之后，饮茶已成为北方游牧民族的习惯，中原朝廷因势利导，在北方边境开设茶马互市，以茶易马。唐朝廷最先批准在青海日月山下开设茶马集市。

邦东云海

　　唐朝统治者为了获得优良战马，增强军事实力，开始对茶叶买卖进行征税，增设专管茶叶贸易的机构茶马司进行管理。

　　宋辽时期，宋朝一心想通过茶马互市，增加税收，提升军事实力。茶马交易越来越频繁，交易量越来越大。宋真宗时期，制定关于茶马交易的律条，专门规范茶马司的管理职责、范围和民间茶马贸易。

　　宋辽之间的茶马贸易，不但推动两国经济发展，还进一步增强了宋朝的军事实力，在某种程度上保证了宋辽长期南北并存的局面。因此，茶叶成为朝廷守护边疆的一种宝贵资源。

　　自宋代起，喝茶之风盛行。茶不仅是达官贵人访友的馈赠之物，也是市井百姓日常的饮品。那时候，士与民皆以饮茶为时尚。

　　明朝，茶的普及更广泛。有人认为，茶简直从"雅物"成了"俗货"。明太祖朱元璋推行"罢造龙团，惟采茶芽以进"的举措，便利了茶叶在民间的迅速流通。茶终于从琴棋书画诗酒茶的典雅文化中走下神坛，真正进入民间，成为充满烟火气息的柴米油盐酱醋茶。

　　到了清代，处于云南边陲沉寂无闻的普洱茶厚积薄发，终于迎来了自己的辉煌时代。康熙四年（1665年），丽江永胜县设立茶马市场，临沧茶开始大规模通过茶马古道涌入丽江转道西藏，还有印度。

　　这时，普洱茶作为贡茶也进入皇城深宫，一经亮相，就惊艳京城，名扬天下。

君子之交淡如水

1644 年，清军入关，占领北京，开始了清王朝对中国长达 260 多年的统治。满族主食为小麦和牛羊肉。因为普洱茶具有化解油荤，帮助肠胃消化的功效，于是这种"味最酽"的茶自进贡后就深得帝王、后妃、贵族的青睐。

乾隆三十年（1765 年），钱塘人赵学敏对明代李时珍的《本草纲目》进行拾遗补缺，编印了《本草纲目拾遗》一书。书中详细记载了普洱茶的功效："（普洱）味苦性刻，解油腻牛羊毒……苦涩，逐痰下气，刮肠通泄。"普洱茶这一神奇功效，深得满洲贵族的推崇和喜爱，饮普洱茶的风气流行于清廷皇室，上行下效，于是，民间饮普洱茶之风遂兴盛起来。

娜罕，傣语，意为"官府家的田地"，位于临沧邦东乡。茶山面南背北，与澜沧江直线距离 3 公里左右。娜罕古茶树生长在海拔 1600 米左右的岩石狭缝中，地势险峻，每天日照时间长达 10 小时，日光漫射，夜沐江露，云雾笼罩，湿度很大。加之树龄数百年，是距离昔归最近的同属邦东乡的又一款佳茗好茶。

"上者生烂石"，岩茶在险峰。独特的岩石狭缝自然环境，使得娜罕古树茶叶肥芽厚，岩韵花香，蜜糖甜度高，生津迅速，汤水甜美，滋味醇厚，是邦东茶区又一神秘的存在。

据说在道光和咸丰年间，临沧的娜罕茶连续十多年被当作贡茶送往京城，因为量小而精，被皇家赞赏。

邦东大雪山杜鹃花海

关于娜罕贡茶的由来，临沧流传着一个娜罕如何进京，在紫禁城大受皇家青睐的故事。

相传娜罕茶进入紫禁城，与云南一位进士有关。临沧云县大寨人杨国翰，天资聪颖，爱好诗书，学习勤奋。嘉庆二十四年（1819 年），杨国翰考中举人，并与主考官林则徐一见如故，结下了深厚的师生情谊。

第二年（1820 年），杨国翰赴京会试，赐同进士出身。嘉庆帝驾崩后，杨国翰被嗣位的道光皇帝钦点到浙江任知县，后升任知府。

1828 年，因政绩突出和诗文卓著被道光皇帝召见，杨国翰借机将云南家乡的特产娜罕茶献上。道光皇帝品尝后，对娜罕茶评价道："虽颜色浅淡，但回味甘醇，如君子之交淡如水。"

道光皇帝的一句"君子之交淡如水"，使娜罕茶成了贡茶，在紫禁城的饮品中博得了极高的地位，大家都崇尚品饮娜罕茶。喝娜罕茶成了清朝皇室身份的一种象征，娜罕茶开始名扬天下。

从此，进贡娜罕茶遂成朝廷定例，云南地方每年需进贡一次娜罕茶。贡茶由马帮驮运，从临沧出发，经昆明、沾益、富源，进贵州，过湖南、湖北、河南、河北，抵达北京，数千公里的古道路程，马帮一路风餐露宿，异常艰辛。

在清脆悠长的马铃声中，远道而来的马帮驮着娜罕茶饼走进京城，犹如将云南春天的味道带到数千公里之遥的北方。在风雨飘摇的清末，娜罕茶的到来，给终日忧心国事、心情郁闷的慈禧太后带来一丝丝安慰。她尤其喜欢在北方寒冬季节吃完山珍海味之后，喝上一壶娜罕茶，暖身养胃、消食美容。

据金易、沈义羚所著的《宫女谈往录》一书记载，宫女荣儿回忆："老太后进屋坐在条山炕的东边。敬茶的先敬上一杯普洱茶。老太后年事高了，正值冬季里，又刚吃完油腻，所以要喝普洱茶，图它又暖又能解油腻。"足以说明慈禧太后对普洱茶极度喜欢依恋。

上有所好，下必甚焉。因为有了慈禧太后的喜爱，晚清时期饮普洱茶变得时尚起来。带着云南山野气息的娜罕等普洱茶，有了紫禁城的加持，其天生的独特韵味便广受青睐。昔日生长在云南临沧邦东乡大山里，寂静普通的娜罕茶一跃成为各茶类中的珍品，迎来了自己的芳华岁月。

"夏喝龙井，冬饮普洱"已成为清宫饮茶的习惯和风尚，达官贵人、文人雅士亦纷纷效仿，普洱茶兴盛一时。清代阮福在《普洱茶记》中写道："普洱茶名遍天下。味最酽，京师尤重之。"又将娜罕等云南普洱茶在晚清时期推向一个新高潮。

娜罕是一朵微笑

今天，娜罕茶的光芒再次迸发，被茶界痴迷追逐，这源于它上等的"岩韵花香"滋味。娜罕古树从高海拔的石头缝里艰难长出，石抱树，树依石，因此，又被称为石生茶。这种天然生长在大自然环境中的茶树在普洱茶界实为罕见。按照茶圣陆羽的"上者生烂石，中者生砾壤，下者生黄土"的说法，生长于乱石中的娜罕，当然是上等好茶。

娜罕古树茶叶颜色较浅略黄，锯齿明显，叶脉清晰，叶背有茸毛，芽毫明显，茶叶肥厚，天生具有岩韵、兰香之味。茶汤入口，稍有淡淡的苦味，随后，回甘涌上舌面，浓浓的甜韵充盈整个口腔。这时，你会明显感到喉咙中的甜，比舌尖更加浓醇，茶气柔中有刚，韵味变化无穷。三泡之后，柔甜茶味更充分显露，舌下生津迅猛，流溢出甘、清、香的滋味，令你欲罢不能。

值得一提的是，因为自然地理环境的影响，一些娜罕古树发生了变异，萌生出稀少的紫芽，亦为一绝。

一片茶林中出现紫芽的概率很小，一棵古树上长出的紫芽也不多，仅有零星几芽。娜罕古树生长的山坡，昼夜温差大，冷热对比强烈。特殊的气候条件，使娜罕古树茶叶呈现出非常罕见的紫色。

岩石中的娜罕古茶树

紫茶，被冠为茶中极品。因为紫芽为古茶树变异而形成，产量稀少，含有更多花青素，具有很强的抗氧化性，因此有着较强的养生保健功效，近年来颇受爱茶人追捧，品藏价值逐年升高。

娜罕紫芽茶，贡茶中的贡茶，好茶中的好茶。那么，有人会问，娜罕和昔归均产自临沧邦东乡，有何区别？我认为，二者之间，有相似之处，也有很多不同之处。娜罕的树龄普遍比昔归长，纯正的娜罕茶年产量比昔归茶少得多；昔归忙麓山茶胭脂香强烈高扬，娜罕却有兰花香和蜂蜜韵味，冲泡之后，香气深沉于汤水。

娜罕，美的名字，美的韵味，美的香茗。一壶沸水冲沥而过，清香溢起，入口甜馨，软软的、糯糯的，仿佛一羽温柔的鹅毛划过你的唇间，入驻你的心房……

据说，有人嫌弃娜罕名字不雅，少数民族味太浓，硬给它取了一个地理名字叫"石生茶"。但我却固执地认为，娜罕这个名字更美，美得有韵味，美得有野性，美得像一位热情奔放的傣族女子。

在我的茶架上，有一饼十多年前三味清心茶文化公司刘亚梅女士亲手制作的娜罕茶，如鹤立鸡群，幽兰香中甜如蜜，包装纸上印着的那一行行文字，深深诱惑着我，吐露出她对娜罕茶的痴爱，当然，也代表了众多爱茶人对娜罕茶幽香绵柔的迷恋：

如果说每朵花都是一个天堂

那每片娜罕茶就是一朵微笑

做茶、烹茶、喝茶皆是乐趣

若能与知己同享娜罕香韵

则是人世间莫大的幸福

浮生若茶，何不吃茶去

第五章　茶祖中华木兰的故乡：永德

植物学家认为，古茶树这一神奇的植物，乃是恐龙时代的中华木兰经数万年时光进化而成。可以说，中华木兰是山茶目、山茶科、茶属及茶种等植物的始祖。

如果你想追寻古茶树进化的历史，寻找到有幸躲过地球上第四纪冰川袭击而保留下来的茶祖中华木兰，那就不得不去永德。

如果你还想考察云南古茶树面积最大、古茶树数量最多的县，更必去永德。

被人遗忘的茶树

在茶界，永德似乎一直是个美丽但被茶人久久遗忘和严重低估的远方。然而，随着三株 30 多米高与恐龙同时代的茶树始祖中华木兰被植物学家发现，永德茶叶的光芒也穿越远古时空，加入耀眼的普洱茶家族，向我们慢慢走来，显示出它虽然迟到多年，但后来居上的强劲魅力。

永德章太村的中华木兰，体香饱满，经久不衰，作为野生古茶树祖先的"活化石"，无言地向茶界昭示着茶如何一步步从野生茶树进化而来的漫长时光故事。它的存在证明了永德乃是茶祖栖居之地。

"振叶寻根，观澜索源。"野生茶树早于人类出现，起源于中生代末期的白垩纪。春秋战国时期，云南的濮人（佤族、德昂族、布朗族的祖先）最先发现野生茶有呵护人类健康的药用价值和饮用价值，便将野生茶树作为图腾供奉，并开始将野生茶苗进行人工培育，历经数千年漫长时光反复种植、杂交变异，野生茶中那些不利于人类吸收的物质逐渐消失，形成一种令人喜爱的栽培型古茶。

植物学家认为，发现中华木兰生长的地方，在未遭受第四纪冰川袭击毁灭的条件下，必定存在着大面积的野生古茶树群落，所以才会出现普洱茶界最稀罕的藤子茶、紫茶等变异型茶种。

让我们把目光投向这个早就应该在中国茶界光芒四射，但长期默默无闻，深藏于滇西南一隅的地方——永德。

永德是云南最古老的郡县之一，位于澜沧江、怒江纵谷南端。

木兰花朵

东控南汀河，西扼怒江，属亚热带季风气候。永德的茶山大都在大雪山周围和怒江水系流域，靠山临水，海拔、气候、土壤极适宜生长出好茶。

通常，百年以上的茶树可称为古茶树。也有资深茶人认为，三百年以上的茶树方能称为古茶树。树龄越长，茶汤的胶质感越厚，喉韵越感滑甜、醇香，茶汤也会更加透亮。目前，永德县发现的古茶林面积多达 11 万亩，古茶树数量为云南各县之首。可以毫不夸张地说，永德不仅是茶树的发源地，茶树进化演变的"活化石"，也是优质茶树资源的基因库。

我抵达永德是在一个清明前的午后。被细雨擦拭过的茶芽早已舒展开，如一片片嫩绿的翅膀立在古茶树枝头，跃跃欲飞。

亚练是永德县的一个乡镇，原住少数民族俐侎人（彝族支系）聚居的地方。俐侎人的服饰、饮食、祭祀和歌舞等民俗至今古风犹存。年长的妇女仍在用古老的手工织布、染布，年轻的姑娘还用羞涩的目光躲闪着访客拍照的镜头。可以说，亚练是文人雅士理想中最典型的"诗意栖居地"，是当今难觅的一片净土和世外桃源。

在亚练章太村，三棵 30 多米高的中华木兰正以它挺拔的身躯、繁茂的枝叶迎接来者。它穿越时空的沧桑清晰地刻在树干表面，向沉静的绵绵群山诉说着悠远的时光故事。此时，它恬静油亮的叶子细啜着一滴滴雨露、沐浴着一缕缕阳光，为守望它千年的俐侎人洒下片片庇护的绿荫，为陪伴它千年的俐侎人生活的空间装点一抹亮色，让人顿生崇敬之情。

在它高大的身躯周围数十公里的高山坡地，静静伫立着众多苍翠雄伟的古茶树。它们无言地相守清影，如一群群孝顺的子孙依偎在茶祖身旁，以茶枝当纤手欲牵拉先祖的衣袖，以茶香当贡品欲敬献先祖的恩泽。

中华木兰稳居章太村古茶树群落中，像一位德高望重的王，沐雨临风，统率茶群，向每一个来访者讲述着茶树演化的远古历史。

于我而言，中华木兰可瞬间将恐龙时代蛮荒的地球历史拉至面前。在和煦的春风中，我仿佛能看到它用手语与子孙们——那一群群周围的古茶树彼此亲密交流。这景象，颇有人类文明史上母系大家族的遗风。

谈及中华木兰及其子孙古茶树，我想起亚练乡章太村一款由它繁衍而来却被人遗忘至今的古树茶——藤子茶。章太村的藤子茶有 30 多株，为明清时期杂交种子种植。我看到，藤子茶嫩叶成串，一芽至五芽节间较长，鲜嫩鹅黄。春天，一棵棵藤子茶开出簇簇细小的茶花，四至五朵一簇，小茶花相依相偎在枝头，惹人喜爱。

藤子茶是一款茶多酚含量较高的普洱茶。晒青后，色泽墨绿，条索幽黑。冲泡后汤色嫩绿明亮，香气带有花果香和野蜜香，耐泡持久，口感温润清甜，滋味悠长，有绵里藏针的口感。

茶多酚具有抗衰老、抗辐射、杀病菌等作用。可见，这是市场上难得一见的小众茶，更是普洱茶中稀少的珍品。

｜原来好茶在这里

　　我在永德茶山漫游，深感一些好茶被云南高原的重重山川深藏，使众人的味蕾无缘亲近，被茶人久久遗忘。普洱茶界普遍认为，永德最有代表性的三个茶区：一是忙肺，二是鸣凤山，三是大雪山。但这里出产的梅子箐却鲜为人知，它融合了古树茶的霸气和冰岛茶的甜香，是一款被外界冷落的好茶。

　　其实，发现永德隐藏的好茶，不过是一次不经意间的行走，一种命运注定的相逢。我在忙肺山北面的小勐统镇一家茶叶初制所，惊讶地感受到它高品质的魅力。

梅子箐锅底塘

梅子箐锅底塘

一饮梅子箐，怀念梅花香。梅子箐茶飘逸出一股浓幽的暗香，绵柔甜润，似曾相识，让人流连忘返。当时，一位同行的茶客在品饮后隐忍不住，惊奇感叹：原来好茶在这里啊！

好一个遥远的珍藏好茶的寨子，一个飘逸着诗情画意的名字！梅子箐村深藏在一条幽深的峡谷，青山如黛，云雾缭绕，茶树成林。因历史上村子周围山中有梅子树而得名，却因茶质优良才引起茶人们的关注。

我们一行人迎着绵绵细雨，慕名抵达梅子箐村口，一块石碑上书写的浪漫而又充满豪情的对联映入眼帘："春回福地，碧水满盈留真龙；紫气东来，人文集萃定乾坤。"这似乎不是路标，而是一种文化引领，预示梅子箐是一方钟灵毓秀的风水宝地，里面必然珍藏着大自然造化出的绝美好茶。

山为茶之本。一棵棵古茶树布满村子周围的山坡，但梅子箐茶的核心产地在峡谷尽头的锅底塘，有100多亩。这是一座远古时期的火山口。或许，亿万年前，火山曾经在这里喷发过，炽热的岩浆从地层涌出，遗留下这座四周高中间低，呈完整"锅"状的死火山口遗址。

让人意想不到，原来死火山口不仅有"锅"状美，还呈现出鲜为人知的茶味美。不知从何时开始，众多古茶树扎根生长于"锅边"的山野之上，散落于梅子箐村落周围。

高海拔的原生态环境和火山喷涌而出的丰富矿物质成就了梅子箐高品位的茶质。其兰花的清香、金黄的茶汤和甘甜的滋味，令喜欢普洱茶的人陶醉其中，被茶人誉为永德茶中的"冰甜佳丽"。

远古时代从地幔深处喷涌出的炽热岩浆，逐渐化为肥沃的有机尘土，为古茶树提供着丰富的物质营养，加之数百年时光的积累，梅子箐古树终于厚积薄发，以质取胜，成为永德茶中的翘楚。

梅子箐锅底塘属野放型管理，产量较少，目前尚处于价值发现的初级阶段，与那些高价的名茶相比，有较大的升值空间。后来居上的梅子箐，给了我诸多启发。目前，不少名山茶价格越炒越高，而梅子箐古树茶质优价廉，口感也能与一些外地的名茶媲美。

长期默默无闻的梅子箐，不尝则已，一尝迷人。谁有能耐，能阻止它成为高价茶的"痛点"和名山茶的"杀手锏"吗？

梅子箐，兰韵荡气回肠，蜜香沁人心脾，这是时光与大地完美结合的产物。我跨过数条大江，翻越重重高山，穿越茫茫森林，冒雨远道而来，只为有缘亲手揭开长久罩在它头上的"盖头"啊！

在锅底塘一棵古茶树下，我迫不及待地随手摘下一枚嫩芽，美美地享受着舌面汩汩生津的味蕾体验。

传说能治愈肺病的茶

　　在永德访茶，你随时可能在某一座山看到茶祖中华木兰进化演变出的各种古茶树，随时可能艳遇到好茶，使你无法拒绝茶之美的诱惑。

　　忙肺山位于波涛汹涌的怒江之畔永德县勐板乡。"勐板"在傣语中意为"被四面河水环绕的寨子"，这里是古代永德县通往缅甸及怒江渡口的重要交通驿站。

　　忙肺山绵延十余公里，万亩古茶树成林，是永德经典的茶园之一。早春，去忙肺山的路上，浓雾弥漫，沿途马缨花盛开，空气中飘来阵阵花香并夹带有远方淡淡的茶香味。

忙肺鲜叶

永德忙肺山

从明代开始，这里的傣族人便持续种植大叶种茶，靠卖茶为生，使得这里成为永德县人工栽培最早、古树茶数量最多、茶质优良的地方。

怒江流域优良的自然环境、古老纯朴的民风造就了忙肺古茶无与伦比的生长环境。忙肺山终年云雾缭绕，土壤肥沃，古茶树与森林、草木混居，被茶人称作"古茶树的栖居地"，茶种被专家命名为"勐板忙肺大叶群体种"。

忙肺村距离中缅边境较近，传说过去一些村民为谋生计随马帮出国做工或经商，频繁往返于中国、缅甸，有人不幸染上了肺结核，其他村民不准许其入村，被强行隔离到忙肺山，以采摘忙肺山茶叶出售为生。想不到，每天喝茶后，肺病最终痊愈。此后，傣族人为了感恩治愈肺病的茶树，便把茶山称作"忙肺山"，把茶山附近这一傣族世居的寨子叫作"忙肺村"。

忙肺山古树茶素有"香似冰岛，甜似易武，韵似昔归"的美誉。忙肺山的核心区为水井头古茶园，这里不但是一口清澈井水的源头，还是忙肺村民祭拜"神灵"的地方。忙肺茶园大多为数百年古茶树，最大的一棵树高6.6米，冠幅5.7米×6.5米，根部基围近1.4米。

走进忙肺山古茶园，你会惊讶有那么多数不清的古茶树，树冠舒展，分枝浓密，郁郁葱葱。

忙肺茶多为藤条茶，一芽二三叶，叶片椭圆，叶色碧绿，叶脉隆起，叶背多茸毛，短粗宽厚。杀青制成干茶后，条索肥硕粗壮，嫩芽白毫显露。

沏水入茶，茶汤橘黄蜜香，挂杯持久，香气馥郁，能让茶人体会到荡气回肠的韵味。忙肺茶最明显的一个特点是高扬的花香里滋味厚重，喉韵甘润持久，苦味稍重但入口即化。当茶汤滑过舌面时，会留下凉甜之感，具有浓厚的山野气息。

沏茶后，只需要看看叶底是否肥嫩，便能辨别出忙肺茶的真假。因为在临沧的所有茶中，忙肺茶叶最肥厚、最宽大，带有淡淡的谷花香，这是忙肺古茶最显著的特征。

忙肺新茶味虽略苦，但回甘迅猛持久，素有"临沧四小龙"（冰岛、昔归、忙肺、大雪山）之一的说法。如果忙肺茶经过十年以上藏储，香气和甜度均比新茶要香甜、醇厚。

忙肺茶天生即是好茶，性价比一直很高！可惜，山高路遥、交通不便，只有少数茶客熟悉知晓，导致在古树茶中价格至今仍较低廉。一些茶友尚不知道它隐藏的品质，也不甚明白它长期存储后的极美滋味。

我认为，在古树茶价格高昂的今天，如果你热爱古树茶，要坚定收藏忙肺古树茶的信心，首选忙肺一定是个不错的决定。

这座隐藏于山峦河谷生长出好茶的忙肺山，待春暖花开之时，茶人值得一去，看看春山中万亩古茶树连天的景象，闻闻大山释放的气息。

茶与水美丽约会

　　中国茶圣陆羽虽然立志"饮遍天下之茶，品鉴天下之水"，走遍了当时中国南方的各大茶区，写出影响后世的《茶经》，但因当时云南不在唐朝的疆域范围而阻隔了脚步。他的足迹始终未能踏上彩云之南，朝拜嘉木之始祖中华木兰，观赏到茶祖身旁的众多古茶树，更未能对永德古树茶做零距离的观察与记载。

　　在当今普洱茶表面繁荣的浪潮中，只有为数不多的茶人能准确透彻地了解永德茶，品饮永德茶，珍藏永德茶。我喝过一饼永德紫玉茶业公司十余年前生产的忙肺古茶，其香醇滋味让我念念不忘。很长一段时间，只要想喝茶，手便不由自主地从茶架取下忙肺茶饼。

　　从永德茶长久隐姓埋名到开始崭露锋芒的历程中，我们可以断言，没有见过中华木兰，不了解永德茶的人，不是真正的茶人；而没有喝过永德藤子茶、紫芽茶的人，亦不配称懂茶的茶客。

　　在永德品茶，必定要用数百年的古树茶或者变异种茶，配上后山的矿泉水。当茶叶被烧开的泉水翻动，一股浓烈的暗香便在茶室弥漫开来，氤氲茶席，一种温暖亲切的抚慰瞬间直抵心灵。

　　在举杯入口、拥茶入怀的过程中，我领悟了著名作家海男的一句话："永德是北纬 24 度以南最温暖的城。"
这种温暖，不仅指温润的气候、喝茶的心情，更指茶祖
中华木兰以及忙肺、梅子箐、大雪山等众多古树茶与茶
人穿越时空的美丽约会，以及茶人正给予这些古茶树所
需的人文保护与关怀。

面对茶祖栖居的永德，我绝非一位匆匆的过客，而
是已将身心融入茶水成为它生命里喝不尽的一滴，更是
愿将茶祖的嫡系子孙们——永德那数十万株知名或尚不
知名的古茶树等待了千万年的醇香传播出去的一介书生。

第六章　普洱茶王者高地：冰岛

　　现代商务接待或茶友聚会时，多以名山好茶为媒介，在赏茶艺、品茶韵、话茶语中，营造其乐融融的交流氛围。在当今普洱茶流行的时代，冰岛茶以高贵、稀缺著称，因此成为高端茶客的挚爱。

　　若要了解云南普洱茶的"甜"，必到临沧；若到临沧，必去冰岛。在冰岛，每一棵古茶树都高举着王者的美名，挂满甜甜的诱惑。珍贵的叶子一旦下树，落入壶中，瞬间便化为茶人口里称赞的"蜜糖甜"。

　　一壶冰岛，柔情甜蜜，深深恋上你的味蕾，打通人生百障之门；一片冰岛茶，可以成就茶产业，富裕一方百姓。

冰岛村寨门

老寨：王者之"甜"

雾岚，勾画出一幅茶山的朦胧画卷；春光，流淌在一树鲜嫩的茶叶上。惊蛰过后，冰岛茶树再一次披上新绿，生机勃发。

清明，是一年中采摘冰岛鲜叶的最佳时节。此时采下的茶，香中带甜，甜中带香。

此冰岛，非北欧的冰岛，而是一个暗香浮动、令人痴迷、能亮出一张普洱茶王者名片的傣族寨子。

冰岛，来自傣语"扁岛"或"丙岛"的发音，意为"石板上起青苔和用竹篱笆当寨门的傣族老寨"，是诞生普洱茶贵族的宝地。

勐库大雪山独特的地理环境铸就了冰岛老寨高贵的品质，超群的蜜糖甜是冰岛茶傲立群雄的资本。一盏冰岛老寨普洱茶入口，金黄的汤色，蜜糖的滋味，兰花的幽香，迅猛地生津，瞬间便牢牢拴住了茶人的味蕾。这种自然的甜，甜而不腻，入口即化；香而不浓，柔情舒心。冰岛之甜，久久缠绵于口腔，一至两小时仍感受到它的存在，令人心旷神怡，无以言表。

物以稀为贵。冰岛老寨 300 多年前便是傣族土司的茶园，古茶树仅有170 棵左右，原料稀少，目前的价格维持在每公斤数万元，是普洱茶价格的天花板。

如果仅仅以老寨村前的古茶树作为冰岛茶的严格界定标准，那么，正宗的冰岛古茶树实在凤毛麟角，不过是村前那一片令人仰望的古茶树而已。正因为老寨的古茶树数量稀少，产量有限，茶质最甜，需求旺盛，所以冰岛老寨古树茶一斤难求。

从经济学供求关系的角度看，高昂的价格其实也是市场对冰岛茶至尊品质的高度认同。

冰岛老寨古树茶声名鹊起，点燃了临沧茶市场的熊熊烈火，引发了茶叶界的追捧热情，改写了国人对普洱茶仅仅局限于西双版纳和思茅的传统认知，打开了一片重新审视云南普洱好茶原产地的宽阔空间。

冰岛村下辖老寨、南迫、地界、坝歪和糯伍五寨。今天的冰岛茶有广义、狭义之分。广义的冰岛茶泛指五寨所产；狭义的冰岛茶，专指老寨所产，而且老寨附近也有古树、中树和小树之分。近年来，冰岛老寨迅速崛起，拉动了冰岛五寨，乃至双江勐库的茶价，其优良品质渐渐被茶人发现和赞誉，"冰岛五寨"的概念随之出现。

冰岛有五寨，老寨茶最甜。老寨，冰岛茶的核心，茶人眼中的王者。它的甜像一把尺子，随时可以丈量出普洱茶的贵贱；它的香像一面镜子，时刻映照出普洱茶的优劣；它的韵像一块试金石，真实对比出普洱茶的品质。甚至，它的价格能在普洱茶市场中，折射出茶商的茶德和良心……

冰岛老寨位于勐库大雪山北段的一道山脊，地处北回归线太阳转身的地方。那一片生长古茶树的山地，吸纳着后山渗透下来的丰富泉水和天然营养。上百棵古茶树主干粗壮沧桑，树幅宽阔，叶茂枝密，芽叶肥大，自由舒展，像一方古茶树至尊的王者，以不可复制的高品质占据着云南普洱茶的高地。它们结出的茶籽被引种到其他地方，培育出茶苗，如母亲般繁衍出众多茶树。它不仅具有"母性"特征，还有"尊贵"身份。因此，冰岛茶又称"母树茶"。

曾经有人写过这样一句赞美的话："冰岛尚有冰糖甜，天下名山尽黯然。"在冰岛出名之前，人们所说的冰岛茶仅仅特指老寨的"母树茶"，不包括四周的中、小树茶以及相邻区域的南迫、地界、坝歪和糯伍。

冰岛茶饼

第一次喝冰岛老寨古树茶，我即被它金黄的汤色吸引，被它蜜糖般的回甘生津功效魂牵梦绕。在浓浓的夜色中，回味着它美妙的不忍散去的香甜雅韵，我深情地写下一首赞美它的诗歌：

这世上最珍稀的树叶
杀青后，像我喜欢的黑蝴蝶
轻落进盏，伴流水
弹奏一曲梁祝音乐的韵味

你诱惑了泡茶人的纤手
揽幽兰的香，入怀
你诱惑了品茶人的嘴唇
卷生津的甜，入口

金黄的汤色是一汪美丽的眼睛

随缘遇你

定能在慢时光中

征服肺腑征服心

有几片茶叶能如此笑傲江湖

有几饼茶叶能如此一喝成名

你这被盖碗的门缝挤出的汤色哟

以品质的光芒

掀起普洱茶市的风暴

再无法还原你植物的面目

再无法摆脱你美人的高贵

你，已非一片叶子

而是沉浮转化后的哲学

给脚，一方芳菲的去处

给心，一个甜蜜的故乡

给人，一朵闲花一轮明月

即便风来风去，亦不怕自落

茶人想要你，分辨所有茶

文人想要你，守一份恬静

商人想要你，将浮躁埋葬

罪人想要你，洗灵魂杂质

爱你，如爱一场春梦

品你，如品恋人相逢

爱情虽已在深夜的茶汤泡尽

但你销魂的香甜

仍陪我入睡，再梦遇

茶水相拥的欢愉

　　我诗歌中赞美的冰岛茶，并非现在茶商所说的冰岛五寨，或者冰岛二环、三环……更不是印刷在众多茶饼包装纸上两个浪漫高贵的文字，而是茶人迷恋的正宗冰岛老寨古树茶。

冰岛春芽

十余年前，我沿崎岖的山路，从南勐河谷前往冰岛老寨，拜访这一片心中早已神往的著名茶山。

经过一个多小时的艰难爬行，终于看到了老寨前面缓缓的山坡上一株株生长在玉米地里的冰岛古茶树，尽管数百年岁月沧桑，主干粗壮，树干上附生着许多无名的苔藓植物，但仍然苍翠茂盛，叶片宽大肥厚，毫毛浓密细长，肃穆伫立在老寨破旧的房屋前面。

我抵达老寨时，正是春光明媚的清明时节，古树枝头的茶芽肥长鹅黄，树叶碧翠鲜丽，吸收着阳光、春雨、雾岚、泥土的精华在村前疯长。

来冰岛必做的一件事，就是穿过一条通往茶园的泥巴小道，脚踏松软的腐殖土，来到玉米地，近距离看看那一棵棵仰慕已久的古茶树，嗅嗅茶香，访访茶农，品品茶韵。

种植着玉米的茶园中，一棵雄壮高大被称为"冰岛茶树王"的古茶树最吸引眼球。它高大傲立，枝叶浓密，遮蔽一方蓝天，以冰岛茶王者的璀璨身份，检验着众多普洱茶的优劣，成为普洱茶是否优质的"试金石"。

站在它伟岸的身旁，我想象着它前世的叶子曾经润甜过多少王侯将相、土司商贾的味蕾，今生却转化为财富的光芒，牵动着普洱茶市场价格一路走高。一种历史与现实、财富与欲望、植物与情感互相交融的感怀油然而生。可以毫不夸张地说，冰岛老寨的光芒，正映照着云南万古茶山，可使众多普洱茶黯然失色。

摘一片新鲜的茶叶含在口中，眺望远方，天空、雪山、森林、茶树、傣寨、雾海组成的大自然原生画面久久占据你的眼帘。老寨古树茶原本仅仅是土司头人专喝的茶，现在却成了人们神往的茶尊，高端茶客舌尖上的追求。

冰岛古茶树

　　冰岛老寨有 600 年村史，古茶树大多 400 年轮。从双江勐库冰岛古茶农民专业合作社负责人赵加刚口中得知，老寨的俸姓傣族祖先在明朝时候从瑞丽一带迁来。数百年来，村民默默在深山劳作，种茶农耕，隐入尘烟，被时光淹没。直至 21 世纪初，老寨的傣族村民，无非是早晨鸡鸣时推开木门耕作，夜晚牛铃停息时伴着夜幕入睡，村前茶树无声生长，每公斤冰岛古树茶叶不过就是几十元。

　　傣族传承着悠久的种茶、敬茶、惜茶的习俗。冰岛老寨茶也并非一日红火起来，它的根深深植于傣族悠久的茶文化中，厚积薄发，方才成就了今天至尊地位的辉煌。冰岛茶的所有故事都与傣族先民密切相关。

　　明清时期，双江被称作勐勐。勐勐土司在临沧傣族中有着高贵地位。冰岛老寨原本就是勐勐土司的贵族茶园，所以，冰岛茶很早便渗透到傣族土司与朝廷官员、地方武装、商贾及其他少数民族复杂的政治、经济、文化交往中。乃至今天，在每年泼水节到来之时，只要冰岛老寨的锣鼓没有率先敲响，其他傣族寨子的锣鼓绝不先敲响。这一民族习俗被保留了数百年之久，说明傣族人民对这片勐勐土司垄断着的古茶树母种基地怀有图腾般的崇敬。

勐勐傣族土司统治勐库 400 多年，冰岛老寨古茶树便是勐勐土司派人引种种植，最终仅培育成活百余株大叶种茶，作为土司家族的贡茶。今天，从这些古茶树上采摘下来的茶叶，便是正宗的冰岛古树茶。由于质优量少，价格自然触及普洱茶天花板。

此后，傣族子民也每年不断地将大叶种茶苗植入寨子附近的山间坡地，一代代养护管理，小树终于长成中树、大树。后代人种植的这些茶树，与老寨的古茶树相比，树龄要短一些。

冰岛茶也被一些茶人称为"女人茶"，深受女性茶人的喜爱。冰岛老寨茶汤甘甜如蜜，宛如绝色女子的韵味，迷人而不妖媚。这是冰岛茶让人迷恋的主要原因。

不知历经了多少代傣族先民的种茶、育茶，方才成就了冰岛老寨这片佳茗好茶，这片茶又为冰岛老寨的子孙以及它周边的村民带来了意想不到的财富。

冰岛老寨茶，条形粗犷，大匹大叶，芽头不多，以一口纯正的香高、水柔、味甜、喉韵、耐泡而名扬天下，成为茶人舌尖上最迷恋的味蕾追求。

南迫：五寨最"厚"

老寨向北不远，步行五公里，便到冰岛五寨最北端的南迫。

南迫，一个产甜茶的拉祜族寨子，有勐库最大的人工栽培型茶园。今天的南迫只遗留下破败的老屋、荒凉的家园与大雪山中的古茶树相守。

早在前几年的新农村建设浪潮中，南迫的拉祜族村民早已易地，搬迁到交通方便的河谷一带新建寨子。人走茶留，不失为一种对茶树原生态保护的做法，让茶树与森林混生，与山野相依，使得南迫优良的茶质得以持续传承。

从老寨去南迫，要在崎岖的高山小道爬行 1 个多小时。据相关史料记载，南迫古茶树是大雪山野生古茶树的后裔，为拉祜族人育苗或移栽长成，古茶树零星分布在森林半坡、山间地头，不像冰岛老寨古树茶林密集一片。

十年前，南迫古茶树躲藏于大雪山深处，尚无名气，每公斤古树鲜叶仅数十元。在漫游南迫时，我曾有幸在一块菜地与"南迫茶王"树相遇，目光久久流连于此。这棵大茶树，高数十米，树围超过 3 米，树上挂满了在漫长时光中被阳光、风雨、泥土催生出来的一条条无名野藤，野藤缠绕茶树，野藤的叶子已经和茶叶互相交融，遮天蔽日，浓荫幽幽。

目测树龄，这棵茶王树至少历经了千年风雨。野藤拥抱着茶树，亲密无间，使人联想起一对亲密的生死恋人，不禁哼唱起那曲流传千年的爱情绝唱——"梁祝"。

当我走近茶王树，突然听到树中传来人声，仔细一看，原来是两个拉祜族妇女正在高大的茶王树上采茶。茶王树浓荫密闭，虽然你与采茶人近在咫尺，却只闻其声，不见其人。

冰岛茶汤

　　拉祜族人自古敬畏茶树，保护茶树。南迫古茶树在大地上自由生长，没有经历过人工干扰，无论树龄、树高或树围，都远超过冰岛老寨。南迫古树茶在外形上条索较长且肥壮，匀整显毫。冲泡后，茶汤橙黄飘香，甜度较高，生津回甘持久，冷杯仍能闻到花果的香味。品尝时，茶汤糯糯的，喉咙非常舒服顺滑，舌底如涌泉般生津回甘，舌尖带有一丝丝清凉的醇厚感。

　　南迫茶虽甜，但与老寨茶相比，蜜糖韵味在舌尖上没有老寨茶那样持久，但这一"缺点"，也不影响南迫古树茶被称为"最厚的甜茶"。

地界：五寨最"香"

老寨向南，便是地界，又一个典型的拉祜族世居地。拉祜族称地界为"戈娃"，意思是神仙居住的山林。

地界是名副其实的三县交界村，往西翻过勐库大雪山进入耿马县，往北越过南迫进入临翔，但地界属于双江县，寨子处于三县交界之地，所以被称为"地界"。

地界古树茶

地界距离老寨最近，位于大雪山主脉的山脊，在冰岛五寨中山路最难行。因为靠近大雪山，交通不便，古茶树大多生长在寨子背后的山坡，生长在郁郁葱葱的原始森林边沿，扎根于枯木、腐叶遍地的土壤里，阳光雨水充足，树龄大多超过 300 年。

茶界公认的地界古茶树约有 60 亩，地界茶叶呈长椭圆形，条索肥壮，均匀秀丽，白芽黑条。品饮时，最为突出的滋味为香甜喉韵，温润舒适，山野味浓郁。

冲泡后，汤色金黄透亮，入口即甜，喉韵悠长，回甘生津持久，香韵在口腔中萦绕回荡，令人有一种温润的愉悦感。茶香持久，近似花香果香。因此，也有茶友称之为最纯粹的"野花芬芳"。

地界茶耐泡，是一款集勐库茶优良品质于一体的茶中精品，令一部分茶人情有独钟。细品地界古茶之香，犹如品尝到森林之幽远，鸟鸣之空灵，入口舌即悦入心灵，回味无穷。

地界滋味虽接近老寨，但它极为低调。因为，它的香极像老寨，但回甘没有老寨迅速；它的甜亦像老寨，但甜度赶不上老寨的蜜糖甜。

地界茶树多集中在遗弃多年的老寨子附近，加上树龄不算长的大树、中树茶，最多有 120 亩。茶叶品质较高，鲜叶采摘量在 1 吨左右，经过加工损耗，制成茶饼的数量较少。

今天，地界茶在冰岛老寨的带动下，茶价开始被商家推高。茶农忙于精心管理茶树，导致茶园中原本种植的玉米、苦荞、向日葵等农作物慢慢消失。

坝歪：五寨最"霸"

从地图上看，东半山是由勐库大雪山的一条分支山脉组成，山脉两侧分布着众多产茶名寨。坝歪和糯伍两个寨子原本在东半山，但行政关系隶属于冰岛村委会，加之冰岛茶名声大，茶人也把这两个村列入"冰岛五寨"范围。其实，从茶树的地理位置和茶质来看，这样的划分未免过于牵强。

东西两半山虽隔河相望，但山高谷深，互相往来得在弯多路险的土路上步行一整天，历史上仅有马帮行走的古道相连，只有悠悠马铃声，连接起两座茶山的茶马贸易和人情来往。

坝歪茶在勐库茶中是一个独立的存在，茶树数量众多，但滋味口感不一样，有的苦底较重，有的近似老寨甜，但有一点为共性：茶气霸。坝歪茶呈现出饱满的茶气，一口入喉，肺腑皆畅快，被茶人戏称为"十怪"："茶好偏偏叫坝歪，东西半山有人在；古茶园中看五寨，茶园片片像花开；藤条从不长坝歪，树多人少无人采；叶大芽粗难采摘，茶气霸道赛老寨；汤稠韵深最实在，兰香独特人人爱。"

坝歪有两个村子，分别为拉祜族寨和汉族村。无论古茶树数量还是茶叶产量在冰岛五寨中都是最多的。拉祜族寨的古茶园规模为 500 多亩，汉族村有 100 多亩。

　　历史上，拉祜族人善于种茶却不善于经商。拉祜族人只能把坝歪茶卖给外地前来收购茶叶的汉族商人，由汉族商人用马帮运到勐库茶市、博尚茶市交易。经营茶叶使汉族人较为富庶，于是，汉族商人便用玉米酒与嗜酒的拉祜族人交换茶园。为了就近方便茶园管理，来年春天及时采茶、制茶和卖茶，汉族人便陆续迁来坝歪定居，守护并管理着自己用酒换来的茶园。

　　坝歪古树茶最大的特点是甜中含霸，霸中含香，尤其是茶汤中带有野性的兰香味，入口刚烈，滋味偏甜，微微清苦，荡气回肠。回甘有冰糖韵，喉咙温润清凉，生津略慢但持久绵润。有茶人总结出了坝歪茶独特的口感："东半山的冰岛，不一样的茶气。"坝歪具有东半山茶显著的优良品质，产量多，在五寨中价格最低，适合喜爱冰岛但经济有限的人士选择。正因为如此，少数茶商便将价格不高的坝歪茶冒充冰岛老寨茶高价出售，牟取暴利。

糯伍：五寨最"柔"

从坝歪顺着山间小路南行数公里，便到了冰岛五寨的最后一个拉祜族寨糯伍。糯伍村背靠原始森林，云雾环绕，翠林如海，溪水流淌，瀑布悬挂，宛如仙境一般。村旁茶林繁茂，百年以上古茶树数不胜数。

行走于糯伍，脚下险要坎坷；踏入糯伍，身心拥抱大自然。糯伍茶是典型的勐库大叶茶种，茶树形状与坝歪大小相似。糯伍茶树苍老，但枝叶茂盛。最高的树冠达到10米，大多独株，行距较大，1米左右分杈，茶叶宽长、墨绿色、叶脉显、边缘呈锯齿形。

糯伍茶条索肥壮，汤色金黄，明亮剔透，茶香清扬，口感甜蜜，汤质醇厚，过喉顺滑。最显著的特征是甜韵悠长。茶汤入口，明显感到甜度很有穿透力，从第一泡开始，一直到尾水，甘甜绵绵不绝，甜得自然、持久。

糯伍甜中含柔，甜得有雅韵，回味悠长，具有比肩冰岛老寨韵味的赞誉。存藏几年转化后滋味更佳。

糯伍古茶树

冰岛古茶树，后来居上。作为爱茶人，不管世事如何变化，茶市如何沉浮，最期待冰岛茶品质如初，永葆出名之前的原汁原味。

在普洱茶界，做冰岛茶的人众多，但大多数是来蹭冰岛茶的热度。十多年来，一直热爱冰岛、坚守冰岛、敬畏冰岛，并将冰岛茶做成一个可以信赖的品牌的茶人却屈指可数。首次将冰岛作为普洱茶商标的是双江勐库冰岛茶叶精制厂赵国娟女士。她于2006年率先注册冰岛茶商标，把"冰岛"两个闪亮的文字烙印在一饼饼古树圆茶包装纸上。

然而，将冰岛老寨古树纯料纳入茶企业制成成品，助推冰岛老寨走向广阔市场，让人念念不忘的还当属勐库戎氏。1984年，深知冰岛茶品质极佳的茶人戎加升先生，不顾山路崎岖，徒步跋涉进入冰岛村，设立了第一个初制所。从此，在冰岛村修路架电，收购鲜叶，将冰岛茶推向起步的普洱茶市场。2005年，他抓住当年冰岛茶区料好价低的机遇，以冰岛茶区鲜叶为原料制成第一代"母树茶"。2006年又推出了第二代"母树茶"。今天，茶界尚流传着"喝冰岛，看戎氏"的说法。2005年第一代"母树茶"珍贵到一饼难求，成为品尝那个时代冰岛古树纯料最原汁原味的记忆。

由于品质极佳，茶友们纷纷前往冰岛寻茶，开始掀起一股冰岛茶热潮。而将冰岛包装为品牌茶整体推向市场的则是老寨"俸字号"创始人俸健平以及勐傣茶业有限公司张光兰女士。

俸健平，傣族名字叫阿金木，是冰岛老寨世居傣族俸氏的后裔。俸健平从小就与冰岛古茶树相伴成长，十分了解冰岛茶历史和品质，看到逐渐热起来的普洱茶市场，俸健平仿佛看到寨子前面那片古茶树的美好前景，心中升腾起来一股前所未有的脱贫致富希望。

　　虽然有着古茶树资源，但 2005 年前的冰岛老寨还是一个贫穷落后的少数民族村寨，山高谷深，陡峭难行的山路阻碍了茶商的到达，以致冰岛老寨鲜叶每公斤不足百元也无人问津。彼时，老寨村民都住在竹楼和土坯房里，很多人的收入来源只有外出打工所得。为改变贫穷落后的面貌，俸健平于 2006 年在村里支起第一口斜面专用炒茶锅，创办了俸字号的前身——冰岛金木茶坊。

　　用冰岛古树打造冰岛人自己的茶品牌，是俸健平创业的第一步。2006 年春，第一代"冰岛王子"诞生，成为冰岛村第一个真正意义上的冰岛茶品牌。2008 年，俸健平确立了主打名山、古树、纯料、手工的企业目标，试制成第二代"冰岛王子"。2010 年，俸健平抓住云南遭遇百年大旱，冰岛春茶出现罕见玫瑰蜜香的时机，推出了第三代"冰岛王子"。

　　在俸健平创办金木茶坊之前，勐傣茶业有限公司创始人张光兰便作为双江第一批茶人，很早就专注制作、推广勐库茶，也是较早开发冰岛茶的企业家。

　　冰岛五寨，寨寨出甜茶，但各有韵味。老寨茶的甜，如蜜糖甜；地界茶的甜，含花果香；南迫茶的甜，持久醇厚；坝歪茶的甜，携带霸气；糯伍茶的甜，柔糯雅韵。

　　冰岛能问鼎普洱茶神坛，有自身的、历史的、时代的各种因素，更有天时、地利与人和，所有的缘分汇集于一身，方才成就了当今的王者地位。尤其老寨，一个勐库大雪山支脉上小小的傣族寨子，竟然在短短十余年时间，用一片小小的叶子引领着云南普洱茶整体的价格走向，抒写了一部崭新的中国茶传奇史。

　　不得不说，冰岛集佳茗好茶和万千宠爱于一身，是普洱茶界的王者，是每一个爱茶人向往的地方。

第七章　佳茗荟萃东西两半山：勐库十八寨

　　我曾经在临沧许多好茶尚未出名前的 2009 年，走马观花勐库东西两半山，漫游勐库十八寨。那一次追寻茶踪之旅，是我接近茶山、茶树、茶人、茶俗最亲密的一次，也是我超前感受勐库众多佳茗好茶最有收获的一次。

　　所见东西两半山风景，所闻少数民族风情，所品十八寨茶味，一切皆真实与自然，令我身心久久兴奋，受益匪浅。十八寨的古茶树与大山森林共存，与村寨家禽相依，与日月星辰相轮回。那里的茶叶能托起临沧茶半壁江山，那里的古茶树可称为茶天堂。

　　白云、高山、森林、茶树、古道、腊肉、庄稼、乡味以及采茶的老妪、劳作的汉子、袅袅的炊烟、叼着烟斗的拉祜族妇女、古朴的少数民族村寨组合成勐库十八寨迷人的风景。

勐库十八寨入口：亥公

英雄居住的地方

"草经冬而不枯，花非春亦不谢。"这是描写北回归线上双江勐库作为茶源地的一副对联。勐库十八寨出产的大叶种古树茶，品质优良、味道纯正，有"茶中茅台"美誉。

勐库，傣语意为"英雄居住的地方"。傣族是一个从远方长途迁徙而来的民族，最后在勐库大雪山周围定居下来，开始以种茶、农耕为生，从而奠定了勐库现今佳茗荟萃的历史基础。

勐库地形为"两山夹一河一坝"。南勐河流经勐库大雪山中，将一部分山脉切割为两座高山，当地人习惯以南勐河为界，将南勐河东边称为东半山，南勐河西边称为西半山。东西两半山夹峙，巨涧南北纵列，一条简易公路将勐库镇与散落于东西半山的村寨互相串连，道路崎岖，弯急坡陡。按照地理划分，勐库茶分为东半山茶和西半山茶；按照茶叶品质，又细分为勐库十八寨茶。

双江县百年以上的古茶树80%集中在勐库。自明清以来，勐库茶商云集，是滇西繁华的茶叶交易中心。勐库优良的大叶茶种，独特的海拔、高山、河流、森林、湖泊、雾岚、土壤和印度洋飘来湿润的西南季风，使这两座山头的十八寨，寨寨有古茶树，寨寨出产好茶，名扬茶界，成为大叶种茶的故乡。

从历史文献资料中得知，民国时期的十八寨茶不以具体的村寨来命名，统称为"勐库茶"。自从"易武柔不过冰岛"的说法流行起来后，以冰岛为核心的勐库茶走进茶人的视线，并快速形成产业链。

蜚声四海的勐库十八寨，在东半山有忙蚌、坝糯、那焦、邦读、那赛、东来、忙那、城子八个寨子。东半山的茶树面对朝霞日升，紫外线强烈，茶质普遍具有阳刚之野性，醇厚、香扬。

西半山包含冰岛（含老寨、南迫、地界）、坝卡、懂过、大户赛、公弄、邦改、丙山、护东、大雪山、小户赛十个寨子。西半山的茶树则夕阳西晒，阳光温暖柔和，茶质多具柔和之美，甘甜绵长，韵味无穷。

依偎雪山的大小户赛

在雄伟的勐库大雪山原始森林中，深藏着一片世界上迄今为止密度最大、分布最广、保存最完整、人类发现最晚的万亩千年野生古茶树群落。

作为一个茶文化爱好者，多年的心愿便是追踪勐库十八寨好茶，朝拜西半山中那一片野生古茶树群落。

于是，在一个春日，我怀着虔诚之心，从双江出发，经勐库，过公弄，抵达大户赛，朝着那一群神秘的野生古茶树奔去，寻找它们扎根山野的原始壮美，寻找那一片隐藏在大雪山中的诗和远方。

坐落在勐库大雪山脉海拔 1500 米一条山梁上的公弄村，是布朗族最古老的寨子，濮人生活过的地方。公弄也是勐库的主要产茶区，历史上曾经是茶叶贸易的集散地，固定日期开街买茶卖茶。公弄村房前屋后到处是茶园，令人遗憾的是，这里的茶树在 20 世纪60 年代就被人为矮化，砍头留根。

站在公弄村，抬头可看见勐库大雪山雄伟的身姿。冬天，主峰白雪皑皑，积蓄着山中众多古茶树必需的水源。待到春回大地，大雪山流下的清泉，开始滋润着山中万亩野生古茶林和众多栽培型古茶树。

在临沧，一直流传着一句寻找好茶的大实话："佳茗藏在大雪山，好茶躲在拉祜寨。"大雪山是野生茶的原生地，距离大雪山越近，茶树越有可能携带野生茶的遗传基因，茶种子越纯，茶品质越好。拉祜族种茶最早，凡是拉祜族寨子附近便集聚着数百株年轮众多的古茶树。

采摘小户赛鲜叶

　　大小户赛的茶品质验证了这句话为普洱茶界的真理。从公弄去大户赛途中往西北方遥望，隐约可见半山腰中三个并列的小村子，分别被二条山箐隔离开，这便是小户赛。小户赛之所以有名，便是因为小户赛茶园距离大雪山最近，茶种最优，古茶树最多。千百年前，淳朴的拉祜族先民在此安营扎寨，怀着敬畏之心，把野生茶视为圣物，勤劳地将茶苗种下，培育并养护出成千上万的栽培型古茶树。

小户赛

　　小户赛海拔较高，北面背靠大雪山，那里深藏着万亩野生古茶树群。相传千年以来，大雪山的野生茶籽顺着溪流、雨水、山风滚落而下。茶籽于是在土壤肥沃的山腰、山脚萌芽生根，居住在小户赛的拉祜族先民捡到从大雪山滚来的茶籽或萌芽的茶苗，植入寨子附近肥沃的土地，培育成苗壮的茶树，孕育出了当今闻名遐迩的小户赛古茶树。

　　小户赛东南有滚岗河、茶山河两道自然屏障，道路蜿蜒、陡峭且悠长，交通闭塞，成了一方净土。也许，正是因为这里封闭的地理环境和独特的大雪山滋养，又有拉祜族人精心管护，才成就了这片被普洱茶界赞誉为"小冰岛"的小户赛古树茶。

　　至今，这些古茶树虽历经数百年时光，仍挺拔地生长在高山云雾、莽莽林海之中，成为云南为数不多、保存完好的古树茶园。放眼望去，高大的古茶树随处可见，一些特大古茶树无论高度、树冠宽度和树围都远远超过老寨的"冰岛茶王"。

　　小户赛品质最好的茶树位于梁子寨后山的坡地——红土地。那里的茶叶条索肥大、叶壮梗圆。冲泡后，蜜香味浓，汤色淡黄，茶感柔顺，水路细腻，回甘生津。将小户赛茶收藏发酵后，蜜香味会越来越明显，而且香气、甜度几乎与冰岛相似，故有"赛冰岛"之美誉，但与冰岛相比，微有淡淡的苦涩感。若非专业茶人，是很难区分冰岛老寨与小户赛之间的异同的。

　　可以说，小户赛是大雪山中数百年的隐者，满口香甜，几乎达到与冰岛老寨不相上下的程度，但价格仅为冰岛的十分之一，性价比较高。

　　小户赛直线距离大雪山野生古茶树群落最近，但小户赛背后峭壁耸立，难以攀登。所以人们去勐库大雪山朝拜这些野生古茶树必须绕道大户赛。因此，大户赛成了通往勐库大雪山野生古茶林的必经之地，也是古茶树较为集中的地方。自

小户赛古茶园

从这片隐藏了千年的野生古茶树群落被媒体报道以来，不断有专家、爱茶人从大户赛进入大雪山中观光考察，大户赛古树茶开始受茶界关注，进入茶人的视野。

无限风光在险峰。也许，好的东西都深藏在不容易到达的地方。越是艰难得到的东西，越是令人向往和珍惜。在雨天，通往大户赛的山路泥泞艰险，崎岖难行，汽车行驶在一边是百丈深渊、一边是紧靠陡坡的泥泞土路上。车轮不时打滑，让乘车人的心提到嗓子眼，只能紧抓扶手或座椅。

"大户赛"源自傣语，意为"沙子和石头最多的傣族寨子"。我实地考察过大户赛的地形，沙石可能是远古时期，大雪山积雪崩塌或是夏季冰雪融化之后，湍急的雪水冲刷堆积形成的；大户赛的古茶树亦最有可能是山顶的野生茶树种子随融化的雪水流落此地而生根萌芽长出的。

万亩野生古茶树隐藏于大户赛后山中，树龄大多在千年之上。古老的野生茶树在肥沃的腐殖土以及阳光雪水滋养下根深叶茂，漫长时光沉淀为天地精华，仿佛是大自然的馈赠。

作为十八寨中的名山头之一，大户赛茶从外形上很容易辨认。外形肥大梗圆，乌黑油亮，杀青后色泽乌润，条索秀挺，当地人称它为"大黑叶"，因其生津强烈，外地人称之为"普洱茶味精"，也有茶客称其为"男人茶"。冲泡时，大户赛有淡淡的花香味，香气清爽，甜度明显，口感饱满柔顺，茶韵深具勐库茶明显的特点：霸道的茶气中饱含悠长绵柔的回甘。

大户赛在普洱茶界出名较早，民国时期便红极一时，被称为"大富赛"。彼时，大多数茶人爱喝大户赛茶，茶商也最爱收购大户赛茶。附近的冰岛茶尚未被外地人熟知，价格远远低于大户赛。传说，过去的冰岛茶常常在茶马古道沿途

大户赛风光

的集市上，被汉族茶商冒充大户赛来销售赚钱呢！

今天，大户赛年轮最古老的茶树多集中在拉祜族居住的寨子周围，众多粗壮的古茶树不知积淀了多少日月精华，吸纳了多少山水灵气，倾注了多少代拉祜族人养护的汗水。河边寨古茶树纳气吐芳，丰厚溢香，汤水细腻，不正是拉祜祖先前人种树，后人收获的历史见证吗？

近年来，大户赛茶区最引人注目的当属海拔较高的大忠山。大忠山是大户赛冉冉升起的一颗茶新星，迅速超越小户赛，成为勐库十八寨茶中的翘楚。

大忠山隐藏于大雪山最深处，海拔2100多米，是一个距离大雪山主峰最近的拉祜族小寨子，只有13户拉祜族人家，兼得了勐库好茶生长的两个必备条件。大忠山云雾缭绕，湿度较大，茶树吸食着雪山流下的山泉，在原始自然环境生长了二五百年，粗壮繁茂，茶品非凡，为西半山上海拔最高的深山好茶。

为了确保茶树家园自然干净的环境，通往大忠山的小路，坡陡路狭，至今仍然是泥土路。当我艰难地进入茶林，一股鲜润的植物芬芳夹杂着山野的气息扑面而来，沁人心脾。

在大忠山，茶树下听得见茶叶在呼吸，茶香里闻得到野花的味道，茶汤里品得到森林的滋味。人与自然和谐相处的大忠山，成就了大户赛茶区香气、甜度仅次于冰岛的一款最有魅力的后起之秀。

事实上，叶片肥大的大忠山茶，甜度、鲜度、香气不可能赶上冰岛，但大忠山却具有勐库大叶种茶最甘甜、凛冽、纯净之古树茶基因。

有哲理的拉祜族寨子

懂过，初听这个寨名时，我想到的是"懂得""悔悟""明白"等含义。到底它是一个怎样的村子，发生过怎样的故事，才被民间称为懂过？

懂过隐藏在西半山中，由外寨、以寨、坝起山、磨烈四个自然村组成，是一个年产古树茶叶达百吨而且最有故事的拉祜族寨子。寨子背靠勐库大雪山，紧临南勐河，海拔 1750 米，近 6000亩茶树被层层山峰遮挡，被两条大河阻隔，隐于高山云雾之中，恣意生长，茶树成林，茶品优质。懂过的村前屋后均遍布古茶树，证明拉祜族种茶历史悠久，甚至要早于冰岛老寨傣族。

也许是山高水深无人来，懂过鲜活的茶故事至今不为外人所知，失去了许多名扬茶江湖的机会。

传说清朝时期，由于战乱流浪到此的外地汉族商人看上这片优质的古茶园，便想占为己有。汉族人深知拉祜族男人嗜酒，便用玉米烤出的白酒与其盘馔斟酒，猜拳行令，最终用酒交换拉祜族人的茶园。为了方便管理得到的茶园，汉族商人便陆续迁徙进来，失去茶园的拉祜族人只能忍痛割爱，另迁他处重新建寨种茶。

拉祜族人未能守住祖辈留下的茶园，成为惨痛的村史教训，故拉祜族后人把此地称为"懂过"。其含义是警示拉祜子孙，懂得这片过去曾经丢失的茶园，方能珍惜今天拥有的古茶树。

懂过古茶树

一条清澈的河流从懂过旁边流过，携来的水蒸气弥漫在茶园周围，滋养着茶树，造就了懂过茶独特的滋味。因此，懂过茶无论故事或茶质自成一派，在勐库茶区成为另类。

懂过茶叶属于大中小叶种混种，叶形偏小，色泽墨绿，白毫显露，叶底有韧性，拉丝较长。其茶汤金黄油润，高香融于水，瞬间回甘而且持久，尾水甜润。

懂过古树茶显著的特征是苦尽甘来。在以冰岛为王的勐库茶区，都是以"香甜"激发茶人的味蕾，但懂过偏偏与众不同，尤其是磨烈茶，有着"苦短甜长"的滋味。在个性突出的茶汤中，你能够感受到丝丝苦意回荡在唇齿之间，但这一点点微苦转瞬退散，之后便有着一股汹涌澎湃般的回甘，弥漫喉舌，韵味悠长。因此，懂过茶的苦底滋味独特，有人称之为"不像勐库茶的勐库茶"。

"年少不懂普洱茶，喝懂已是不惑年。"每个人的一生，或许都有爱恨交加、刻骨铭心的故事，喝上一壶懂过茶，慢慢细品曾经悲欢离合的故事，如果能悟到人生不过是一趟最初不懂，懂了已经不再年轻的旅程，那么，也不负喝茶时光了。

在茶席中，你只要遇见懂过，喝过懂过，便会深刻理解苦尽甘来的含义以及爱过方才懂得的人间哲理，这便是懂过古树茶最吸引人的文化魅力。

在懂过的四个寨子中，磨烈的品质最佳，有着"小冰岛"之称，茶价在整个懂过茶中也是较高的。可以预见，以懂过古树茶的优良品质为评判基础，懂过茶的辉煌日子才刚刚拉开序幕。

为冰岛作"嫁衣"的坝卡

从懂过往北步行 6 公里，便到达海拔 2000 米之上的另一个产茶村寨坝卡。通往坝卡的山路险峻弯大，如果不是有好茶，外人对这个世外桃源般的小山村应该甚少兴趣。

坝卡依偎勐库大雪山，茶园宁静，民风淳朴。众多古茶树分布在密林竹丛深处，有的生长在荒废破败的房前屋后，让人感到坝卡村史的沧桑。

坝卡茶是一款不露声色，但有着冰岛影子，有着冰岛韵味的好茶。

坝卡茶和冰岛老寨茶同在一条山脊上，但两者背山相邻，冰岛面向东方朝阳面，坝卡处在西南背阴面。因此，坝卡茶和冰岛茶在口感方面又有诸多相似之处。虽然近 2000 亩坝卡茶园离冰岛较近，但因树龄小，对外宣传不够，坝卡茶价格一直不高。

坝卡茶有一种细腻的微苦，更有一种与生俱来的甘甜。不似冰岛茶那样如靓丽的明星般惊艳，坝卡茶更像处子般宁静，不显山不露水，置身世外桃源的中性茶！

冰岛茶火爆，而坝卡茶性价比高，一些专卖冰岛茶的商人于是将目光盯住了坝卡茶，用坝卡茶冒充冰岛茶，使坝卡成为冰岛的"嫁衣"。

虽一直为冰岛茶作"嫁衣",但坝卡人觉得自己的茶叶能被商人冒充冰岛,被市场接受,也就默认,不时还隐隐透出一种暗中自喜的感觉。

若从公弄出发,顺着山脉往西南行走,便可以看到丙山、邦改、护东三个村寨的茶园。

丙山在傣语中意为"比较平坦的寨子",距勐库镇政府所在地17公里,丙山村下辖邦骂大寨、丙山上寨、丙山下寨、滚上山、邦骂旧寨5个山村。丙山海拔多在1700米左右,年平均气温20℃。丙山茶叶片肥嫩,果蜜香浓郁,茶气强劲,苦味稍重,生津明显,茶汤香柔,汤色黄亮耐泡。

我在丙山欣喜地看到,这里大多为百年以上的古茶园,同时也对这片茶园感到惋惜,因为在"大跃进"时期,仅仅为了方便采摘,丙山古茶树大部分已经被"砍头",人为矮化。

丙山向南是邦改。邦改的拉祜族人最早便在此地建造梯田、水渠,种植茶树,安居乐业。邦改依山建房,面朝东方,满山古茶树,属正宗的勐库大叶种。可见,邦改种茶历史也非常悠久。

在西半山的十个寨子中,仅护东属于坝区。便利的交通,使护东集聚了许多普洱茶初制所,附近村寨的众多茶叶汇集在这里,使这里成为勐库茶的又一集散地。护东品质最佳的茶位于村南一片茂密的森林中。护东茶条索清晰,芽尖肥厚多毫,叶片壮实完整。茶汤入口滋味柔和,回甘生津较好,有香甜滑柔之感,并且极为耐泡,十多泡后尾水仍回味绵长。

品饮西半山茶,甜柔回荡在口腔中,能深感到甘甜滋味像一朵鲜花慢慢绽放,美妙的味蕾感受,让人欲罢不能……

正气塘有"小冰岛"之称

勐库十八寨中，东半山有八个寨子。与西半山相比，东半山道路要平坦一些，交通要方便一点。从临沧乘车沿 214 国道进入双江，踏上的第一块土地，看到的第一道风景便是东半山的亥公茶区。

茶是亥公的主要经济支柱。"亥公"为佤语，意为"敲木鼓的地方"。亥公风光秀丽，春天里，田园庄稼茸绿，峡谷清溪流淌，山坡茶叶鲜亮，一派南国乡村绿色的美丽画卷。

由于村委会早已从东来村搬迁到了亥公村，所以，亥公茶区又包含东来茶区。亥公有 9 个自然村，茶园面积 7800 多亩，其中的 3000 多亩为国际粮农组织认定的有机茶园。

东来处于半山区，是亥公村委会下属的一个自然村，距离亥公村委会 4 公里，海拔 1650 米。东来茶汤色金黄，香气浓郁持久，回甘生津强烈，茶汤充满阳刚之气，韵味悠长。冲泡后，茶叶富有弹性，揉捏亦不会破损。东来茶产量大，知名度低，但茶质好，销量多，销售速度快。

亥公西北便是那赛。那赛是进入东半山的入口，有六个自然村。其中，正气塘名气最大，产量最多，茶质也最好，可称那赛茶的"魁首"。

正气塘处于东半山之巅，海拔 2000 多米，古茶树比较集中，是典型的高海拔茶园。历史上，正气塘是茶马古道上重要的驿站，村旁的古道曾经作为集市，人声鼎沸，云雾深处马帮队伍悠长，货物络绎不绝。东半山的茶必须从这里经过，跨过天生桥，才能到达临沧茶叶交易中心——临翔区博尚镇。

正气塘古茶树处于东半山向阳坡，日照长，云雾多，形成独特的"形态好、口感正"的甘甜之味，汤色金黄，汤中含香，入口有阳刚之气，水路细腻，流韵持久，有淡淡的花蜜香，甜度与冰岛相似度极高，有"小冰岛"之称。

正气塘名气渐长，但价格如同村旁通往远方的古道，"路曼曼其修远兮"，多年来，不温不火，价格依旧，未曾有多大的变化起伏。很明显，以正气塘为代表的东半山茶价值被严重低估，正期待着文化宣传助其脱颖而出，重启东半山茶的燎原之势。

形态最美坝糯茶

那赛往北，通往那焦。一路上，满坡茶树尽收眼底，路边藤条茶生长茂密。

那焦属于高寒山区，下辖橄榄山、偏坡寨、大寨、石头寨、三家村、大石房、背阴寨七个自然村，村村有藤条茶，这些茶树大都为清朝和民国时期栽种。

藤条茶树凝聚着中国茶农的智慧，是茶农用一双双饱经风霜的手历经数百年修剪打磨而成的园艺奇迹。数百年前，云南少数民族便对茶树采取"顶留叶、侧修枝"的管养方式，最终形成了藤条茶的形态之美。

一根枝条上如果有三四根芽头，为了使其中一根茶芽充分获取营养物质，让茶芽变得肥嫩，茶人会剪除多余的芽头，仅保留最肥壮的那一根，让其继续生长。这一根茶芽就会慢慢长成长长的枝条，形成柔软的藤条茶。

那焦藤条茶汤色明亮，入口甘甜，汤感厚实，茶气较足，杯底留香持久。冲泡后如同花瓣初绽，散发的香气十分诱人。

那焦村古茶园分布零散，茶树树龄大都超过百年，得益于高海拔和良好的生态环境，藤条茶品质优良，价格适中。

其实，临沧声誉最高的古树藤条茶还是那赛北边 3 公里处的坝糯。在冰岛茶尚未出名之前，临沧最有名气的普洱茶当属坝糯茶。坝糯在拉祜语中，意指水冬瓜树，现在仍然有许多水冬瓜树与古茶树混生。

藤条茶

坝糯可遥望西半山，是东半山海拔最高、人口和藤条茶最多的寨子。

坝糯水源充沛，梯田满山，种茶历史悠久。据说，拉祜人的祖先500年前已在坝糯种下上千亩茶树，现在坝糯四周的坡地，拥有一棵棵正值壮年、苍翠茂盛的古藤条茶树。这些茶树藤条，最长达四米，既是拉祜族古老历史的见证，又是其先人农业智慧的结晶。

坝糯藤条茶堪称天下一绝。古藤条茶树主干和权枝裸露，权枝上长出上百根又细又长的藤条，树龄越久藤条越长，又细又长的藤再加上人工修剪，形成蓬网状。茶叶从藤条尖顶长出，藤条因为柔软，会在风中左右摇摆，仿佛在舞蹈，形态之美令人称奇。风一旦吹来，高高的枝条扭动韧性的身子，像在舞蹈，堪称形态如女人般最美丽最柔软的古茶树。

据当地茶农介绍，藤条茶之所以在坝糯得到传承，是因为这样长出的茶芽圆滚肥壮，茸毛浓密，虽产量少，却比一般茶味好，清香耐泡。

坝糯藤条茶汤色蜜黄晶莹，茶香沁人心脾。茶汤入口，便会感到一股香甜很温柔地滑过你的舌面，但随后便是迅猛回甘和淡淡的幽香，就像久旱逢甘霖的大地一般舒畅。

坝糯藤条茶甜度虽比不上冰岛，但相较于冰岛古树茶的高价，坝糯茶好喝不贵，非常适合作为普通人日常饮用的口粮茶。

我曾经细数过一棵三百年以上的藤条古茶树，有数百根藤蔓。长长的藤蔓，由树而生，藤缠树，树抱藤，密集缠绕，藤树难分。茶树的顶端，藤蔓密集，织成球状，形态之美犹如鸟巢。

在数百年时光中，能精心养育大这么多奇美的藤条茶树，足见几代坝糯人对茶树用心之细致，修剪技法之精湛。

藤条茶饼条索清晰，饼面芽绒放光，芽头白亮中略带金黄，外形独特，让人一看就赏心悦目，爱不释手，外地茶商很喜欢收购坝糯藤条茶。

在东半山，忙蚌茶也是受市场追捧的一款小众茶。忙蚌位于距离坝糯约 3 公里的山坳里。忙蚌三面环山，一条湍急的溪水从山上流下，穿过忙蚌寨子，拉祜族人居住的房子便建在溪沟两边。溪流下段坡地较平缓，有一片看不见尽头的树龄在百年以上的古茶园。

这片古茶树生机勃勃，主干明显，芽叶茸毛多而相对修长。茶汤入口，微有苦涩，但回甘快，茶气足，韵味长，生津久。

东半山的章外是一个老茶区，现在还保存有不少明清时期栽种留下的古茶树。章外山高水长，茶园土质肥沃，芽头鼓圆顾长，芽身茸毛闪亮，茶叶肥厚密浓，叶片长度超过 10 厘米，尽显双江大叶种茶的丰腴之美。

章外离勐库很近，茶人都将章外茶认定为勐库茶。章外茶入口回甘极快，价格在勐库茶中处于中等偏上水平。

勐库十八寨钟灵毓秀，纳气吐芳。阳光、森林、雪水、河流、土壤在悠悠的历史长河中源源不断地提供着茶树所必需的养分，默默地把人工栽种的小茶树涵养长成满山溢香的参天古茶树。

由于地理、朝向、土壤、环境的不同，东西两半山有着许多不同之处。西半山茶树成片成林，而东半山茶树多长在森林、庄稼地里。西半山以高大古树茶为主，东半山藤条茶更多。西半山的茶树早迎朝霞，东半山的茶树晚送夕阳。西半山的古树茶，吮吸着清甜的雪水，吸纳了山水的灵气，积淀了岁月的精华，根深叶茂，内含物质丰富，甜柔上乘；东半山的古树茶霸气，藤条茶量多，吸引着大批喜欢茶性足的爱茶人关注。

其实，早在明末清初，东西两半山十八寨茶就已经声名鹊起，外地茶商每年都不远千里，来到勐库收购十八寨的优质茶叶，勐库和博尚茶叶集市一度十分兴盛。

勐库十八寨大小有二十多个山头产茶。十多年前，在我行走十八寨时，双江县的茶叶综合产值仅 1 亿元左右，涉茶人口仅万人。2022 年，茶叶综合产值已经突破 40 亿元，涉茶人口超过 10 万。短短十多年时间，十八寨小小茶叶有了大作为，被茶专家誉为"大叶种茶的英豪"。几棵古茶树能脱贫一户农家，一片茶园能富裕一方百姓。

为什么十八寨让我念念不忘？或许，那是一次亲密接触众多古树茶的探索之旅，圆了我体验勐库佳茗好茶的梦想；或许，又是一次追求原生态美学的自然历程，那是一种爱茶人的生活方式。

每当寒冬离去，春风拂面时，我便不由自主地遥望曾经留下过串串脚印的滇西南方向，为自己默许下一个愿望：待他年春天重走十八寨，一定要每一寨都采下点茶叶，亲手制作十八饼好茶。流年中，再慢品十八寨悠扬的茶香。到那时，这些茶饼定会温柔了岁月，定会燃起心中那些朴素茶山、茶俗中闪现出的最真实的人间烟火！

当饮尽十八寨的十八饼好茶，茶香回馈我的，必将是一世宁静、平安与愉悦。

第八章　古茶树的天堂部落：大雪山

　　大雪山在向往它的人心中是崇高的。它有着包容风雪的胸怀、气吞山河的风范、荡涤灵魂的神韵。

　　从云南迪庆州的梅里雪山到怒江州的碧罗雪山，再往南到临沧市的永德大雪山，这些连绵数百公里的分水岭，一座座傲立高原大地，头顶积雪白帽，身披森林绿衣，山峰如刀，切割大地，使从青藏高原南下的怒江和澜沧江像两条风中的"哈达"在滇西北收拢，在滇西南分离。

　　滇西北的梅里雪山是云南省的最高峰，作为一大旅游景区，以其强烈的宗教色彩吸引着众多朝圣者和旅游者。而临沧的永德大雪山、勐库大雪山、邦东大雪山，海拔均超过 3000 米，自然风光优美，原始森林密布，植被垂直分布，动植物种类繁多，是世界上北回归线附近生长野生茶最多的三座雪山。

　　临沧三座大雪山中，千年原生古茶树群虽历经了漫长岁月蚀刻，生命力依旧旺盛，与原始森林和当地少数民族相依相伴，不断地给茶人提供着佳茗好茶，让人们流连于茶山美景的同时，也陶醉于茶叶带给味蕾的美妙体验。

勐库大雪山野生古茶树

俐侎人的"雷响茶"

让我们首先走进被称为我国大陆北回归线附近最后一座雪山——永德大雪山，看看这方聚集了众多古茶树的植物部落。

永德大雪山为澜沧江、怒江两大水系的分水岭，系怒江碧罗雪山的支脉。山脉呈西北至东南走向，南北绵延24公里，东西长15.6公里，海拔3504米，总面积约300平方公里，其范围包括亚练乡、乌木龙乡、大雪山乡、班卡乡。

永德大雪山山麓，零星分布着原住民——俐侎人的村落。俐侎人人口约2万，作为云南的一个少数族群，俐侎人世居大雪山中，性格温婉，至今依然保存着富有特色的服饰、饮食、信仰、风俗、舞蹈等传统民族文化。

千百年来，俐侎人就像一个文化符号，定格在深山密林中，与雪山、森林、温泉、茶树相依相伴，生生死死，在历史长河和日月轮回中与世无争，低调宁静，繁衍生息。

古铜色的皮肤、黑黑的服饰、悠悠的山歌、自由的恋爱、敬茶爱茶的习俗等，构成了俐侎人日常生活。至今，他们仍然保留着崇尚自然的古老习俗，喜喝茶，善歌舞，无文字，靠古歌和口传方式传承祖先历史。

大部分俐侎人婚恋自由，像山风追着河谷，鸟儿追逐蓝天，来去皆顺其自然。因此，有人认为，俐侎人的爱情是人类情感最真实自由的表达，俐侎人的婚姻是最符合人性本能的婚姻，是中国上古婚姻史的"活化石"。

这个把身体藏于黑色衣服的部落，这个把历史写在古歌中的族群，永生都不说爱情已逝，至死都不曾有过婚姻的伤口。每年农历二月十五日，俐侎人都会聚集在温泉附近，度过被称为东方情人节的"桑沼哩"。"桑沼哩"是俐侎语音，大意为"相爱的人相约到热水塘沐浴"。此时沐浴，可洗去晦气，迎来好运；在此谈情说爱，能情深意长，白头偕老。

"桑沼哩"既是"澡堂会"又是"情人节"。欢庆快乐中，青年男女围着篝火舞蹈、对歌、谈情说爱、交友择偶。

古茶树是俐侎人赖以生存的衣食父母，更是他们的图腾。三棵雄伟的茶树始祖中华木兰就生长在俐侎人居住的章太村。俐侎人自古生活在大雪山中，很早便与茶结缘。

俐侎人"桑沼哩"

传说远古时，俐侎头人为了保护族人的安全，发明了一个喝茶时使用的土办法"雷响茶"。"雷响茶"的茶具全部来自大自然的植物。烤茶用的器具为当地的一种龙竹，龙竹砍下后制成竹筒，将茶叶置入竹筒中在炭火上烘烤。烤茶时，不停地用木棍敲打竹筒，发出清脆的响声，既可以翻动升温的茶叶，使烘烤的茶叶加热均匀，又可使野兽不敢靠近人类。用这种竹筒烤出来的茶叶既吸收了竹子的清香，又保留了茶叶原有的滋味。

今天，俐侎人仍然保持着最传统的"雷响茶"。不同的是，烤茶用的竹筒改为陶罐或铜壶。沏茶时，将毛茶放入罐中，放在火边慢慢加热，边烤边抖动，用热度激发茶叶的香气，待茶叶烤至黄色，飘逸出清幽的茶香时，迅速冲入沸水，只听闷雷似的声音响起，沏茶时翻腾起来的泡沫也升至罐口，如白色绣球花状。喝一口焦香、味酽的"雷响茶"，你会深深感到茶汤中那带着浓烈的山野和温暖的人间烟火气息……

不仅在永德县，在被《中国国家地理》杂志称为"最后的原始部落"的沧源县翁丁村，我曾在佤族首领居住过的老屋火塘边品尝过"雷响茶"。这种原始的沏茶方式，茶气飞扬，滋味浓烈，口感很难称赞，但当地少数民族仿佛喝上了瘾，一日不可缺。可惜，翁丁这个装满神秘"司岗里"的寨子，那些古铜肤色的佤族人世居的茅草房，早已在一场大火中化成灰烬。那一个烤茶用的土罐和我喝过的黝黑土碗，恐怕也在熊熊烈火中在劫难逃。

大凡有"雷响茶"的地方，基本都是曾经南诏、大理国征服过的地方。从临沧往北到大理、西藏，往西南直抵缅甸、老挝，那里的少数民族村寨至今依然可见"雷响茶"的踪迹。

　　世界在变化，生活方式变迁，火塘在逐渐消失。快餐文化迅速流行，"雷响茶"在云南经济较发达的乡镇和县城里已很少见，几乎到了灭绝的边缘。

　　永德大雪山植被垂直分布典型，生物多样性十分丰富，有许多动植物种类为世界珍稀物种。如豚鹿、黑冠长臂猿、绿孔雀、中华木兰、红豆杉等珍稀动植物。

　　大雪山是南汀河、永康河等诸多河流的源头。山高、水丰、落差大，著名的万丈岩瀑布，水从悬崖峭壁飞流直下，远看有"疑是银河落九天"之势。

　　据当地茶人估计，永德大雪山古茶树多达50万棵，其中一部分为野生茶树，主要分布在保护区内的大岩房、干河、药地河等地的原始森林中。古茶树主干粗壮，叶片肥硕鲜嫩，暗绿无茸毛，叶缘锯齿凹深，叶脉突出隆起，大多在9—16对之间，多于栽培的大叶种叶脉（6—9对之间）。一芽两叶的重量是普通古树茶的三倍左右。

　　高山云雾出好茶，大雪山古树茶汤色绿黄，香气馥郁，茶气强劲，滋味很酽，入口会有一阵阵热浪携带着原野幽香袭来的感觉，使人联想起乾隆皇帝品尝普洱贡茶时，轻吟出《烹雪》的诗句："独有普洱号刚坚，清标未足夸雀舌。"乾隆未必喝过永德的古树茶，但他喜爱野生茶独特的刚烈野韵，味苦而回甘迅速。

　　也许，像永德大雪山古树茶外柔内刚，野韵香甜的味道，是乾隆皇帝的至爱。

迟到的野生古茶树群落

勐库大雪山，一座人迹罕至的神山，一座与世隔绝的茶山。在我心中，它一直是个神秘的所在，一处勐库大叶种的摇篮。

千万年来，日月轮回，万亩野生古茶树群默默隐身于大雪山里，藏匿于茫茫原始森林之中，采天地之精华、吸自然之灵气，蕴含能量，自由生长。这一片神奇的茶之源头，隐藏着野生茶树向半野生茶树过渡的神秘基因，可谓是一个孕育出大叶种茶树的摇篮。

我常常幻想着去约会这些神秘的野生古茶树，融进这片孕育众多茶树的母性摇篮。在我的想象中，这群从远古走来的茶树，像母亲，吸引茶人亲密走近；像茶祖，引领茶人寻根探秘。

勐库大雪山主峰海拔达 3233.5 米，保存着完整的原始森林，形成了一道绿色的天然屏障，阻挡了南下的冷空气，将印度洋北上的暖湿气流滞留山麓南端，使得勐库茶区雨量充沛，易于茶树生长。

在大雪山海拔 2200 — 2750 米的山腰上，分布着上万亩野生古茶树群落，是中国已知的面积最大、海拔最高、保存最好的野生古茶树群落。因此，勐库大雪山被植物专家和茶业专家誉为"茶树基因库"，被认为是世界茶树起源中心之一，现在已被公布为中国重要农业文化遗产。

大雪山野生古茶树林

  万亩古茶树群落与雄奇险峻的自然风光融合，相得益彰，构成了一幅勐库大雪山壮美的原生画卷。只要见过这些密集的野生古茶树群落的人，无不为其壮丽所震撼，更为人类拥有如此宝贵的"茶树基因库"深感庆幸与自豪。

  湿润的气候也使勐库大雪山山腰生长着成片的野生竹林。密集的竹林像一道天然屏障，隐藏并守护着这片罕见的野生茶。山脚与山顶之间，无路可通，与世隔绝，甚至连野兽都无法穿行，唯有雄鹰、白鹭、鸟雀偶尔鸣声飞过，在蓝色的天空划出一条天路。山脚下的小户赛等村落与主峰近在咫尺，却无法踏进身旁这片神秘的原始森林，只能仰望雪山长叹。

  或许是上天早已约定，人类必然要与这片野生古茶树群相遇。它的偶然发现，与 20 世纪云南一次极端干旱气候导致这片野生竹林开花、枯萎、死亡，闪现出一丝丝缝隙有关。

勐库大雪山1号古茶树（2008年摄）

1997年，全球又出现厄尔尼诺现象，云南大旱，勐库大雪山上密密匝匝的野生竹子毫无征兆地大面积开花，成片的竹林随即枯黄、倾倒、死亡。大雪山原本封闭的植物屏障瞬间被撕开空隙，闪现出一丝可供人类通行的狭窄空间。3月20日，公弄村村民张正云第一个冒险上山，探路采药，他在竹林背后有了一个惊天的发现：一棵棵野生古茶树，成片连接，葳蕤茂盛，遮天蔽日，沧桑挺拔。他爬上苍老的茶树，采摘下一些新鲜茶叶，背回来杀青后饮用，深感野生茶的霸道气息，滋味与栽培型茶迥异。

同年8月，村民唐于进等三人又穿过枯死的竹林，登上大雪山，再次来到这片罕见的野生古茶树群。他们惊奇地发现其中一棵需要三人才能合围的古茶树。这棵最大的野生古茶树，后经专家测定，已历经2700年轮，被命名为"大雪山1号野生古茶树"。

谁也不曾想到，这片深藏于大雪山原始森林，静等了千年的野生古茶树，竟然以这样偶然的方式迎来了与人类见面的时刻。从此，近在咫尺的大户赛、小户赛等村民开始进山，采集野生茶叶、野生菌、药材等山中珍宝。

神秘的盖头一经揭开，瞬间便吸引了无数专家学者前来考察，顷刻便成为茶人向往朝拜的茶源圣地，都想来一睹千年野生古茶林壮美的雄姿。

一阵喧嚣过后，通往大雪山野生古茶树的山路重归寂静。我进入勐库大雪山是在夏天，多变的气候一会艳阳高照，让人汗流浃背；一会山雨来袭，缕缕清风掠过脸庞。沿着崎岖小径步行，随处可见古茶树与高山林木混杂生长，林中藏茶，茶中有林，茶树与众多林木浑然一体。

从勐库出发，呼吸着山野气息，历经三个多小时的艰难爬行，终于进入大雪山中，山坡上一棵棵野生古茶树高耸入云，挺拔屹立，默默地迎接我的到来。我知道，在这静谧的野性森林中，我与这片野生古茶树相遇，是一场生命里注定的缘分。

这些野生古茶树，几乎每一棵都高十几米甚至二十多米，根系深扎于腐殖土中，吮吸着大地的养分精华，虽树干苍老，但茶叶翠绿。它们无声地萌芽、开花、结果，与雪山、森林相依为命，千年守望着勐库的日月山川。

特别是"1号野生古茶树"，高高屹立于蓝天之下、森林之中、雪山之上，像一个远古时代的植物帝王，坐拥了大雪山2700年时光，君临重峦叠嶂，放牧万亩茶林。

它满身生长着墨绿色的苔藓，脚下堆积厚厚的落叶。我只能用目光表达我的虔诚敬意。人类的改朝换代、沧海桑田于它而言，不过是转瞬即逝。仰视它，像阅读一部厚重的史书。对照中国历史，它萌芽于春秋战国，成长于秦汉三国，见证过大唐盛世，聆听过北方外族的铁蹄和民国的枪炮，记录着中华大地两千多年的风雨沧桑。

它的基因来自哪里？它的祖先又是谁？我只知晓，大雪山是它的母体，时光成就了它的伟岸。我的目光慢慢滑过它粗壮的枝干、绿色的叶片，崇敬之情瞬间化为对茶王的敬畏，对大自然惠泽大地、恩泽人类的感激。一种相见恨晚的亲切感，拉近着我与茶树之间的距离。它是大自然馈赠人类的珍贵礼物啊！

由于地理的关系，即使是冬天，勐库大雪山也只是偶尔才下雪，更多的日子，则是满山茶树苍翠，草木茂盛，云烟缥缈。

历经岁月风雨的洗涤，大雪山古茶树终于从尘封的时空中走进人间，惊艳茶界，温润茶人。野生茶每年仅发一次芽，条索肥厚，芽锋显毫，野韵中带兰香，微苦回甘转甜，茶气霸道，口感独特，兰花香的茶汤充盈着茶人的味蕾，山野的气韵逼出茶人的汗津，阶梯式上升的韵味让茶人明显感受到长久的香甜。

目前，这些古茶树已经立法禁止随便采摘，市面流通比较稀少。但原来品尝过它的人，饮后都会齐声赞道："这是大雪山中的好茶啊！"

"岩韵花香"的滋味

冬春之际，站在临沧城向东北方向瞭望，可看到一座白雪皑皑的高山。这，便是著名的邦东大雪山。

邦东大雪山属哀牢山的南延部分，呈南北走向，绵延24公里，海拔3429米，离临沧城较近，是澜沧江下游最后一座低纬度雪山。因此，它的积雪景观全球罕见。

冬天，邦东大雪山主峰白雪皑皑，满树银花，一幅北国雪景；春天，邦东大雪山野花争艳，百鸟鸣唱，徜徉其中，如在画中游；夏天，清风拂面，林海微波，峰奇山秀；秋天，云蒸霞蔚，云雾雨一阵阵飘洒。自古以来，山腰皆是林海茫茫，雄奇俊美。

二雪山、五老山、鼓墩山、石佛山、官房山，组成邦东大雪山巨大而壮观的山峦群。绵长的山脉中，除了古木参天，群峰簇拥之外，还出产昔归、娜罕、邦东等好茶。邦东大雪山野生茶数量较少，但这里栽培的古树茶氨基酸含量较高，表现出鲜爽活跃的特性，茶汤水路细腻并伴随着浓强的回甘生津效果，饮后口感如含橄榄般回味悠长，又像有薄荷凉意久久停留口腔，让人感觉妙不可言。

虽然邦东大雪山的茶树树龄较勐库大雪山短，但邦东大雪山所产的古树茶以昔归、娜罕、绿水塘为代表，独具"岩韵花香"的地域韵味。不同的茶人对不同的茶，也会有不同的喜爱和感受。而我就特别喜爱邦东大雪山带有强烈野蜜香滋味的茶。

茶人常常称赞：邦东有岩韵，古茶伴兰香！

神秘的小众茶

在我的书房中，珍藏着一饼已故资深茶人戎加升先生68岁时亲手制作的"圣韵"生日纪念茶。据他生前介绍，这是一款采自隐秘山野，经岁月流芳后，精制而成的经典之作，其甜堪比冰岛，其香堪比昔归。

我不是制茶人，更不是茶商人，只是一个纯粹的普洱茶爱好者，不需要知道这饼茶的原料具体来自临沧哪座山头的哪几棵古茶树。但我坚信，它肯定是一款临沧小众茶，必定采自大雪山中或大雪山支脉的某几棵古茶树。茶人普遍认为，永德大雪山茶有野蜜香，勐库大雪山茶有兰花香，邦东大雪山茶有岩韵香，而这饼茶汇聚了临沧大雪山古树茶的最佳韵味。

在今天越分越细的普洱茶市场上，我们不应忽视临沧三座大雪山周围和澜沧江、怒江水系的群山中，还隐藏着一些产量很少、品质优秀的小众茶。这些小众茶，几乎每一款都是"宝藏茶"，一经登场，便会令普洱茶界惊叹不已。

它们分散、稀少，深藏于高山河谷，令茶人可遇不可求。有时，它们小隐隐于野，大隐隐于市，仿佛是一种神秘的存在，有时忽然来一个"游击队"式的袭击，闪现在茶人面前，吊足茶人的胃口，诱惑茶人一探究竟。

目前，茶人普遍认可的临沧小众茶有：邦东大雪山中的绿水塘，永德大雪山周围的锅底塘、弯腰树、献山头，勐库大雪山中的正气塘、大忠山。我在临沧工作时，这些古茶树还默默无闻，未曾去寻访过，也未曾品尝过，不敢妄自评说。但今天，它们全都用自己的优秀品质，成为临沧小众茶中的翘楚，普洱茶里的新贵。

绿水塘，邦东大雪山中一款最神秘的小众茶。它的前世虽然不为人知，今生却以独特的品质与冰岛比甜，与昔归比香，与娜罕比醇。

布朗族采茶

　　绿水塘位于海拔约2200米邦东大雪山原始密林中的一片陡坡上，那里生长着200余棵神秘的古茶树，山势险峻，人迹罕至。于外地寻茶人来说，通往绿水塘的山路如同"羊肠古道"，简直是大自然的世外桃源、深山中的迷宫仙境。

　　绿水塘品质出众，三五泡后，茶汤的厚重感爆发，出道即扬名，价格每年都在上涨。现在，想要品尝到绿水塘古树茶，就只能看你的缘分了。

　　临沧有众多的小众茶，一些因深藏深山至今默默无闻，一些因茶人发现而扬名茶界。因为神秘、稀少、偏远，只有极少数茶人能有幸喝到，多数茶人只能望洋兴叹。

　　在品尝临沧三座大雪山的古树茶的时候，我时常在思考：茶有不同的韵味，人也有不同的品位。同在临沧土地上，每一座山的茶都有不一样的滋味。同是一片天下的人，也是千人千面，各有性格，有人张扬，有人低调。

　　有信仰、有修养、有文化、有内涵的人，身上总会散发出一种与众不同的气场和魅力，尽管含蓄低调，最终也会像临沧三座大雪山所产的佳茗好茶，散发出一股刚柔并济、高香扑鼻的诱人魅力，在纷繁复杂、群雄争霸的江湖中令人仰视和赞赏。

第九章　司岗里新发现：怕拍

　　沧源，秘境中的秘境。南滚河、勐董河日夜奔流在中缅边境的高山峡谷中，与当地的人、茶一道合成了一片旖旎动人的阿佤山神秘风光。

　　沧源地处滇西南边陲，与缅甸佤邦接壤，山高路远，外界对沧源的印象一般停留在佤族月光下的纯粹民歌、激情的木鼓舞蹈，对沧源茶却知之甚少。但这里的茶园面积达 12 万亩，其中相当一部分为古茶树，仿佛又是一片等待开发的普洱茶处女地。

怕拍古茶树

司岗里中的茶

来到沧源，仿佛走进人类的"童年"。沧源之所以被称为秘境中的秘境，是因其有着众多揭不开的谜底，探不完的风景，说不完的风情，更有那些 3000 多年历史的司岗里古崖画，映衬着怕拍古树茶的岁月芬芳。

佤族虽然没有文字，却是一个充满诗性的民族。自幼会说话时就能唱歌，会走路时就能跳舞。新中国成立后，民族学专家根据佤族传说，整理出了一部创世史诗——《司岗里》。这部史诗，详细记录了佤族先民关于天地形成、人类起源、万物有灵等传说与信仰。这让原本神秘莫测的阿佤山更增添了一分传奇色彩。

"司岗里"之意是指"人从岩洞里出来"。"司岗"为哺育人类的洞穴、葫芦、子宫，"里"是出来的意思。可见，《司岗里》对人类的起源充满着神奇的想象，也说明佤族对女性生殖崇拜达到神往、敬畏的程度。经过千百年时间风雨的浸润，司岗里崇拜基因逐渐融入了佤族的血液，渗进了佤族的骨髓。

将司岗里文化展现得淋漓尽致的是位于沧源县勐来乡的古崖画。据专家考证，沧源崖画是 3000 多年前佤族祖先用磁铁矿粉、动物血液和紫胶原料绘制的杰作。

"司岗是我家，崖画写着我。"通过《司岗里》中记载，我们还可以了解到，沧源古崖画是佤族祖先改造自然、征服自然的生活百态写照。崖画生动描绘了佤族先民狩猎、放牧、舞蹈、祭祀等活动场面，每一幅画面都记载着一个传奇的故事。其中两幅采茶图所描绘的场景、采茶方式，与现代采茶惊人相似。一幅采茶图画的是一个成年人带领一个小孩子在采茶；另一幅采茶图描绘了两人在古茶树上采茶，一人站在树下接茶的茶山劳动情景。所以有人认为，崖画是研究怕拍古树茶不得不拜读的"史稿"。

沧源翁丁古寨（王文林摄）

在考察司岗里崖画时，我惊奇地发现，崖画距怕拍村茶园仅数公里。可以初步判断，崖画中采摘下的茶叶极有可能是怕拍古树茶。

今天，佤族充满激情的舞蹈，与崖画里舞蹈者的动作仍有许多相似之处。我在观看佤族最具代表性的舞蹈——木鼓舞时，还惊奇地发现，那些激情振奋的鼓声，便是从雕刻成女性生殖器形状的一只只木鼓中敲击而传出的。木鼓的作者，能将一根根木头雕刻成一件件乐器，并将对生殖崇拜的呐喊转化为音乐艺术，堪称当之无愧的民乐大师。

在我看来，木鼓不仅是一件普通乐器，更是民间艺术中最神奇的敲击乐器，演奏时，它将佤族司岗里的生殖崇拜与音乐舞蹈结合得那么完美，完美得令人动容。

"生命靠雨水，兴旺靠木鼓。"这句佤族谚语折射出佤族对生殖崇拜的虔诚。佤族男女的恋爱是自由的、开放的、纯情的。那甩动黑发的柔情女人与赤裸上身的粗犷男人，构成了司岗里文化中最具代表性的原生画面。

在阿佤山漫游，你会发现，这里地处中缅边境，山高谷深，密林遍布，瘴气弥漫，历史上常因疾病和战争带来当地人口的锐减。为了人丁兴旺，便形成了司岗里生殖崇拜。在生命的加减法中，佤族人更强烈地选择了生命的加法，以增强种族的繁衍。

司岗里文化现象也说明，佤族之所以崇拜茶树，是茶叶献出了解渴、防病的神奇功效来呵护着人类，从而使佤族获得强盛的生命力。

在《司岗里》中，佤族也曾经把茶视作图腾在歌中传唱：

茶树没有太阳就不会生长，
我们要敬高高的天；
茶树没有大地就不会发芽，
我们要敬厚厚的地。
我们要敬远方的客人，
一杯更香的茶。

一个产茶的佤族村寨

在距离古崖画不远的地方，有一个佤族寨子——怕拍。

"怕拍"为佤语发音，是指"建在悬崖边上的村子"。怕拍西面属流入怒江（缅甸称萨尔温江）的南滚河水系，东面属流入澜沧江的小黑江水系，是印度洋水系与太平洋水系的分水岭。在怕拍村周围森林植被茂密的山中，隐藏着外界很少知道的古茶树群，即龙永、班布来、公班农、当作古和当满古五片怕拍茶。

说不清是茶孕育了佤族热情爽朗的品性，还是佤族赋予了怕拍茶清香芳醇的特质。自古以来，佤族一直把茶种在森林里，践行着道法自然、人与自然和谐相处的原则，成为临沧少数民族茶文化的又一个茶源头。

怕拍古茶园

　　怕拍茶山海拔 2000 米左右，属亚热带季风气候。我们从糯良向怕拍村行走，海拔逐渐增高。阳光从森林间隙中稀稀疏疏射入，令人感到天地是如此亲近。随着爬坡喘气声增大，渐渐地，我们就可以看见山岗上的古老茶树了。如果此时你迎风伫立，空气中会飘来淡淡的似有若无的茶香。

　　怕拍茶山属于典型的喀斯特地貌，红色土壤间可见裸露的岩石。暗流隐藏于地下石灰岩山体中，站在高大的茶树下，甚至可以隐隐约约听见地下河的流水声。喀斯特地貌孕育了怕拍茶的"岩韵花香"滋味，加之受到澜沧江和怒江两大水系的滋养，更凸显出其霸气、香甜的品质。

　　怕拍古茶树大部分连片生长在村子周围的山坡上，少数分散在村边房前屋后。嗅着山野的芬芳走进村后的龙永古茶园，脚下是深厚柔软的苔藓落叶，身旁是隐秘生长了数百年的古茶树。树干青苔斑驳，沧桑的枝头新生的茶芽有如碧翠，生机盎然，令人顿感"归来仍是少年"。

　　这片茶园，许多古茶树树龄 700 年以上，树干挺拔，种植稀疏，根系发达，有"秘境茶园"之称。树大不招风，山高人来识。怕拍虽为小众茶，但香高味醇，饮之满口生津，又是一款茶中珍品。

　　在怕拍龙永古茶园中，我有幸目睹了两棵卓尔不群的千年古茶树的风采。这两株古茶树分别命名为"怕拍茶王 1 号"、"怕拍茶王 2 号"，高 10 米以上，树姿开张，分枝浓密，树干需要两人才能合围。因为生长于海拔 2000 米以上的温凉区，历经千年，迈入苍老，所以产量稀少。但由于远离尘嚣，植被茂盛，常年云雾缭绕，昼夜温差大，有利于茶树养分累积，因此，形成古树茶冲泡后的高香、刚烈与醇甜，滋味非常独特。

　　怕拍古树茶大多生长在陡峭山坡，一些长在背阴之处，阳光照射不到的茶树于是发生变异，要等到夏天才吐苞发芽，成为普洱茶界一种奇特的现象。怕拍古树茶最优秀的特点是，香气高扬可堪比昔归，汤色金黄可堪比冰岛，入口香甜，野气十足，饮后酣畅淋漓，与一些名山茶相比，毫不逊色，实为古树茶中的又一珍品。

古茶树上采茶人

　　今天，由于沧源佤山机场建成，交通改善，信息畅通，怕拍茶所具有的个性特点、优良品质，也广为人知，越来越多的茶人开始追逐怕拍茶。

　　我抵达怕拍村口时，追寻着空气中飘来的淡淡茶香，来到一处简陋的佤族农家初制所，只见院门敞开，一个肤色黝黑的佤族中年汉子正在用一口厚重的铁锅炒茶。热气腾腾的茶香弥漫着整个小院。

怕拍茶园

在攀谈中他告诉我："每炒一锅茶叶，需要 20 多分钟，锅里温度较高，为避免将茶炒焦，必须不停翻动茶叶。今天下午要将刚采下的 20 多公斤新鲜茶叶炒完。"谁能想到，一杯怕拍古树茶的香甜，竟是这样用原始的炒锅、用这般原始的手工方式炒制出来的。

或许这样，说明了一个道理：好茶出山野，真正的茶人在民间！

怕拍，佤族的一方福地，茶人向往的又一个新远方。

声名鹊起怕拍茶

今天，司岗里文化的内涵和外延，早已超出了最初的原始意象，它不仅是一种文化的存在，而且融入当地的茶叶产业、旅游业和舞蹈艺术中。在沧源，你的视觉永远躲不开"司岗里"的元素，你的听觉永远避不开司岗里的音符，你的情感也久久在司岗里的神秘中回旋。

在佤族激情忘我的音乐舞蹈中，我联想到了司岗里史诗中传唱的茶，极有可能就是那一片怕拍古树茶，正从阿佤山的"葫芦"里走出来，抵达中国普洱茶市场，见证一个边疆民族对大自然的崇拜，对生命的敬畏。

佤族人自古种茶、饮茶、爱茶、敬茶。大凡祭祀和红白喜事，必是先行拜茶、敬茶，故民间流传有"茶见心意"之说。

怕拍古树茶的香是浓浓花香，茶室中若存放几饼，能满室飘香。喝一杯怕拍茶，不仅能品味出茶之美味，还能品味出一个民族对自然、对人生的彻悟。

怕拍古树茶从默默无闻到如今声名鹊起，追求者众，让我明白，这是大自然对佤族人民遵从天人合一、道法自然的深厚回报啊！在怕拍茶飘出的浓烈高香中，我感到阿佤山人正用"踏石留印，抓铁有痕"的精神，倾力打造"世界佤乡，天下茶仓"，昭示着司岗里文化更深层次的内涵。

司岗里代表一种民族文化，记录一段佤族艰辛的发展历程；怕拍茶则是佤族人由神秘走向光明，由弱小走向强盛的物质精神养分，更是佤族发展历史的见证者。

怕拍茶王

　　《司岗里》中提到的怕拍茶，永远是原生态的。我坚信，佤族人民在商品经济的大潮中，绝不会走简单的粗暴式的开发路子。叶芝的诗"世界变了，一种可怕的美已经诞生"似乎是在告诉人们：要保护好怕拍茶，保护好司岗里史诗中传唱的这一原生态的民族茶文化。

　　我以为，司岗里文化是临沧、云南乃至中国最具有唯一性的少数民族原生态旅游资源，司岗里史诗中传唱的怕拍茶更具有巨大潜在的吸引力，它未来的价值有一定的想象空间！

第十章　中缅边境原生态新宠：斯芭慕

与缅北果敢地区毗邻的镇康县，有一片至今仍默默无闻，但汇聚云南众多古树茶优点于一身，生长于最原生态高山草场的古树茶群。

或许，你从来没听说过它的名字，更没有见过它的芳容，更没有尝过它的芬芳。在百度百科里，你可能搜寻不到它的名字；在普洱茶书里，你至今找不到一篇介绍它的文章。

这片茶园堪称普洱茶界的最后一片净土。它拥有草木的清香，山野的气韵，名茶的香甜，一经品尝，极致的滋味惊艳茶人。

它，便是中缅边境线上的普洱茶的新发现——斯芭慕古树茶。

一片草原净土

只要尝过斯芭慕古树茶的茶人，都会将这款来自中缅边境草山中的茶，称为中国最原生态的古树普洱茶。

我首次喝到斯芭慕古树茶，立即被它的品质和来自高山草场的独特韵味所吸引，脑海中瞬间浮现出一派天苍苍，野茫茫，众多古茶树伫立草原，随山峦起伏，连天接地的情景。

斯芭慕茶与水交融后，呈现出野性十足、香甜滑润的美妙特质。三泡之后，我的味蕾被斯芭慕古树茶彻底征服，心随茶汤释放出的滋味一起醉去，嗅觉留香，满嘴芬芳，霸气与甜柔完美融合。我从斯芭慕那一壶茶汤里，喝出了昔归之香、冰岛之甜、班章之醇。

斯芭慕，顷刻颠覆了我对镇康县不产好茶的肤浅认知。于是，我便决定，追踪斯芭慕。

斯芭慕，傈僳族语"草山"之意，位于镇康县南伞镇沿中缅国境线北上 50 公里处 110 至 113 号界碑之间，面积 20 余万亩。数百年的古茶树如伞状般点缀在茫茫草原上，与山峦、森林、边境线融为一体，向西延伸至缅北境内。

斯芭慕古茶树部分扎根在镇康县，大部分则生长于缅北境内，远离尘嚣，人迹罕至。加之缅北政治、军事局势动荡，经济落后，当地边民疏于管理，更别提对古茶树进行施肥、洒药等人为干预。众多古茶树孤独地扎根于中缅边境，以草山为故园，以牛羊为伴侣，自由疯长，鲜有人前往采摘。

斯芭慕茶树

明清时期，缅北一带曾经属于云南少数民族土司的管辖范围，傈僳族、傣族等少数民族很早便在这片广袤的高原大量种植茶树。19 世纪，经过三次英缅战争后，缅甸沦为英国殖民地，英国人开始在这里种植鸦片并输入中国。从此，这些古茶树的绿色鲜叶逐渐被妖艳的罂粟花所淹没，淡出人们的视野，成为被人遗忘的角落。

英国在缅甸、印度的殖民统治，使缅北一带留下了许多历史的后遗症。鸦片泛滥，各路地方武装势力群雄争霸，划山河而治，战火不断，政治经济形势异常复杂，明清时期种下的古茶树长期被枪炮声淹没。

直至 20 世纪后期，在中国政府和世界禁毒组织的帮助下，缅北土地上的罪恶之花——罂粟最终被铲除，甘蔗等替代种植物面积不断扩大，古树茶上鲜嫩的茶叶才渐渐显露出它诱人的色彩。

我有幸在一个天高云淡的日子从南伞出发，沿中缅边境线北上，抵达斯芭慕草山。从车窗往外看，心绪立刻被茫茫草山的古茶树所诱惑。那些古茶树，繁星般散落于茫茫草海之中，像一个个古代戍边人，以战士肃穆的面容、英雄挺拔的姿势，坚定而执着地守护着漫长边境线。

这里是绿草的天堂，茶树的家园。在草山的怀抱中，我惊讶地发现，这便是茶人久久寻找的云南大地上最原生态的好茶啊！它们被世人遗忘百年后，于人迹罕至的草山上与我们邂逅，奉献出如此好的滋味，不得不感恩先民的辛勤种植，感恩中国茶崛起的好时代。

初遇斯芭慕，我便与它一见钟情，相见恨晚。这种感觉，就像离乡的游子回归故乡，迷途的羔羊找到母亲，淘金者闯入了阿里巴巴山洞……

花开花落，雁去雁来。数百年前，云南少数民族祖先在斯芭慕种下了众多茶树，但由于种种原因，大部分茶园归属缅甸管辖，种茶人的后代早已背井离乡，不知漂泊何方，定居何处，只留下这些古茶树在中缅边境两侧草山不离不弃，坚定地看守着云南少数民族祖先曾经的家园。

微风送来茶叶的暗香。我站在一棵至少有三百年树龄的大茶树下，彼此是多么亲切。我凝视着它，赞赏它的独立、坚韧，如同赞赏一个遗失许久的小孩儿，无人关爱，却长得如此强壮，活得如此灿烂。它树冠擎天，遮天蔽日；枝头上的嫩芽如鹅黄雀舌，逗人喜爱，诱人品尝。

这些古茶树，仿佛一把把充满绿色生机的擎天巨伞，树根深扎在野花盛开的边境原野，吮吸着雨露精华，能不生长好茶吗？

天空、森林、山峦、白云、野花、绿草、茶树组成的20万亩大草山，不断延伸到西部缅北，好一派"抬头看茶树，低头见牛羊"的美景。草丛的野花、悠闲的牛羊、散布的茶树、宜人的景色，让人如同置身在法国乡村普罗旺斯。

斯芭慕，有普罗旺斯美景，有成片栖居的古茶树，未来必将成为茶人的向往之地，滇西南乡土休闲和茶文化的最佳观赏景点。

世间缺少发现

我曾经品尝过一饼斯芭慕古树茶，其情其景至今难以忘怀。当手指轻轻打开包装纸，用茶针撬开茶饼，一股浓烈的茶香夹带山野芳香扑鼻而来。令人惊奇的是，轻捧过茶饼的手掌，久久留下飘散不去的余香，双手拂面，尽是陶醉的高香气息，如热恋一般，依依不舍。

斯芭慕茶气十足。沏茶时，它霸气的韵味瞬间升腾，帮你打开周身脉络。品尝时，你不仅感受到它原生态的气韵，还从中品尝出它集云南普洱茶的所有优点：香、甜、醇。

斯芭慕古树茶的香，犹如昔归之香；甜，仿佛冰岛之甜；醇，又近似班章之醇。汤色金黄，香气浓郁，滋味醇和，入口便能感受到它与众不同的厚重。强劲的茶气充满口腔，高香的气韵融入茶汤，回甘的韵味回荡唇齿，不得不让人惊叹：这是一款极为珍贵的极品小众茶。

据史料记载，斯芭慕古茶树是云南少数民族祖先用大叶茶种精心培育而成。明清时期的缅北一带，属于云南傣族景氏湾甸土司管辖，此地曾出产过一种名扬天下的茶——湾甸茶，作为贡茶。湾甸茶是当时京城上流社会的一种品饮新宠。

斯芭慕古树茶以及在它南面生长的

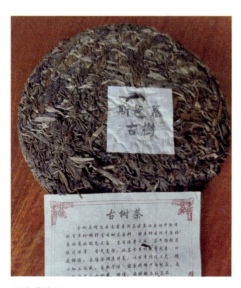

斯芭慕茶饼

斯芭慕茶园

缅北大水塘、老街古树茶是否就是湾甸茶，有待专家考证。但有一点不容否定，那时缅北一带在湾甸土司府管辖的领域，品质滋味上乘的斯芭慕、大水塘、老街古树茶，肯定属于湾甸茶区的一部分。

刚到草山，接近茶树，我便迫不及待地摘下一片鲜叶，让美妙的滋味驻留在舌尖之上。然而，我不忍发出赞叹之声，担心惊扰它在草山上柔美宁静的甜梦。

天那么蓝，云那么轻，茶叶那么嫩，过客那么少。在边陲草山，能艳遇到一款被世人遗忘数百年的好茶，心情怎不激动？我远道穿越百川千山而来，难道只为一睹它们被世人冷落的容颜吗？

如此看来，冥冥之中，虽有数百年时空的阻隔，茶与人之间却注定有相见的缘分。世间并不缺好茶，缺少的只是一双发现好茶的眼睛。

酒香不怕巷子深，好茶是藏不住的。中缅边境斯芭慕、大水塘等古树茶的美妙口感逐渐在茶人中流传并开始被收藏。百年梦醒，它们终有割舍不断的勐库大叶种茶基因，终究有挥不去的云南少数民族亲手种植的记忆。

斯芭慕，是洁净之茶、茗香之茶、甜醇之茶，更是大隐之茶。

好茶种在马鞍山

　　在斯芭慕万亩草山东面直线距离不远的镇康县忙丙乡，还有一座魅力四射的茶山——马鞍山，与斯芭慕古茶林遥遥相望，相互辉映，相得益彰。

　　马鞍山靠近北回归线，因地形地貌酷似马鞍而得名，散落的村舍和茶园被从高山流下的溪流缠绕，众多百年古茶树就生长在村后的山坡。马鞍山茶属勐库大叶种异地栽种，但滋味与勐库茶的甜柔却不相同，马鞍山茶带有刚烈鲜爽的独特表征。马鞍山茶园的核心区在大包包，面积约 320 亩，处于低纬度山地，连片的茶园绵延山头，层层叠叠。马鞍山属亚热带季风气候，冬无严寒，夏无酷暑，雨淋雾罩，空气湿度大，加上这里的土壤中含有丰富的微量元素——硒，孕育出了马鞍山古树茶香气浓郁、回甘味甜、口感纯正的品质特点！

　　马鞍山古树茶，条索肥壮，色泽墨绿黝黑，叶片厚实少毛，芽头大而漂亮。沏茶后汤色黄绿明亮，回味甜、滋味稍苦但鲜爽。

　　品饮马鞍山茶，让人留下霸气和甘甜的深刻印象。茶汤如一匹桀骜不驯的野马，霸道张扬。几泡过后，却又似柔情蜜意，舌底如泉奔涌，喉间通透清凉，香气高扬持久。

　　马鞍山古树茶在不同的年份，会有不同的变化，存放三年以上，汤色更金黄，滋味更柔和。我在想，如此品质极佳的一款古树茶，价格不高，可能是因为交通闭塞，宣传滞后，而影响了它的知名度吧！

马鞍山古茶树

　　当我在这座酷似"马鞍"的茶山漫游时，遇见几位千里迢迢从外地来此收茶的茶商。随机采访，他们普遍认为，马鞍山古树茶的确有一股纯香，是一款被人遗忘的好茶，而且经常喝此茶，有益健康。

　　为了考证这个说法，我又走访了马鞍山附近的村民，发现这里的高龄老人数量的确要比其他非茶区多。村里年过80岁的老人，看上去肤色红润，精神矍铄，思维清晰，行动自如，眼睛尚且明亮，身体基本健康。百岁老人在村里也不稀奇。问及他们的养生秘诀，他们都微笑着一致回应："天天喝马鞍山茶啊，每天都要喝上好多杯呢！"

　　我明白了，或许是马鞍山茶叶携带着使人焕发年轻的气息，注入预防疾病的茶分子、茶元素，才可能让这些老人延年益寿，堪比百年茶树的年轮。

　　因为当地长寿老人比较多，马鞍山茶还被冠以"长寿茶"的美称。马鞍山家家户户种茶卖茶，与茶相守。茶不但融入他们的生产、生活和生命里，而且还是村民的主要经济来源。村民的收入，还需要仰仗这些古茶树春天多发芽、发好芽。他们把茶树当作自己的孩子一样精心照料。世间万物皆有灵性，茶树亦然。你对它真心实意关爱，它便以最好的姿态和美妙的口味来回报你。

　　据《镇康县志》记载，马鞍山茶属人工栽培大叶种，几百年前从勐库茶区引进栽培。马鞍山茶与云南其他山头茶相比，有着巨大的潜力优势。云南众多名山头的古树茶在多年前已过度采摘，茶叶品质有所下降，而马鞍山古树茶尚未进行商业开采，多数还处于原生状态，物美价廉。

有茶人预言：马鞍山的春天，才刚刚开始。

在激情浪漫的边陲镇康，流行着一种集歌、舞、乐于一体的古老演唱艺术——阿数瑟。阿数瑟的曲调来源于当地少数民族日常生活，用白描的手法、贴切的比喻表达人与自然、人与人之间真挚的感情。这种民间歌舞，具有强烈的感染力、亲和力，被称为飘荡在茶马古道上的天籁。

在镇康县的阿数瑟民歌中，对马鞍山茶也一直推崇传唱，歌词脍炙人口，家喻户晓：

镇康茶叶香又香，
好茶种在马鞍山；
好听不过阿数瑟，
好喝不过鞍山茶。

第十一章　古树茶的时光变异：紫芽藤子

在中国传统文化中，紫色是尊贵、富裕、喜庆的象征。明清时期皇帝的宫殿叫作"紫禁城"。

普通百姓建房、结婚、生子、祝寿等喜庆日也必须披红挂紫。

在古树茶的世界，以紫叶为稀，以紫芽为贵。

紫娟

紫者为上

　　凤庆县小湾镇锦秀村香竹箐是一个令茶人目光聚焦的地方。那里的一处山坡上屹立着一棵世界上最粗壮、最古老、树龄长达 3200 年的栽培型古茶树—— 锦秀茶祖。树高 10.6 米，树围 5.28 米，堪称独一无二的中国古茶树"活化石"。

　　锦秀茶祖是世界上最壮美的古茶树。其实，这棵古茶树仅仅是临沧千年古茶树的冰山一角。在临沧永德大雪山、勐库大雪山的茫茫林海中，还有树龄超千年的野生古茶树成片群居。

　　古茶树为紫芽的母体。只要有古茶树群，其中一些古茶树在漫长的时光中，于特殊的环境、特殊的时候发生变异，生长出紫芽茶和藤子茶。

　　紫芽是茶中珍品，茶中贵族。在茶的世界，以紫叶为稀，以紫芽为贵。茶圣陆羽在《茶经》中早已断言："紫者上，绿者次。"

　　所谓紫芽是指深山中的古茶树，因遗传、环境或外界生物的侵入等原因产生变异而生长出来的紫色茶芽。

　　说到遗传，茶树最有意思，它可以有性繁殖，也可以无性繁殖。有性繁殖就是通过雌雄花蕊授粉后的种子萌芽出茶树苗。茶花授粉难度较大，一朵茶花只接受其他花朵授粉，唯有通过外力作用，如风雨、地震或飞鸟，有距离的两朵花蕊才能互相交融、杂交，生成的种子由于携带着异花的基因，下一代茶树的品质会更加优良。因此，茶树的有性繁殖被植物学家称为完美之花的完美组合。优质的茶树基因，为茶树发生质变，长出紫芽提供了可能。

　　无性繁殖则是"克隆植物"，用嫩枝扦插和嫁接繁殖方法成长的茶树。无性繁殖的茶树会稳定地保持性状，个体之间差异很小。

茶籽与茶花

　　临沧古茶树群，大多是有性繁殖而来。因此，这些古茶树具有在千年时光中变异的可能性。偶尔，你会在大雪山古茶树群中，发现一些茶枝上闪现出一种独特的零星的色泽紫红的茶叶，这就是变异的结果。

　　古茶树变异，产生的颜色以紫红色居多。通常情况下只有刚绽放出的前面几叶是紫色，其后叶片则是茶树的本色绿色。

　　并非所有古茶树都会绽放紫芽，紫芽只会出现于生长在海拔较高的极少数古茶树上，而且长过紫芽的古茶树也并非年年都长出紫芽。紫芽只会在春天出现，且只采一芽两叶至三叶，采摘难度较大，制成的茶常会被争相收藏，市面较少。

　　我在永德大雪山古茶树群落中，有幸看到几棵古茶树枝头呈现出点点红、片片紫的茶叶。它们叶芽细长，雍容华贵，色彩鲜艳，辉映着满树绿色的茶叶，万绿林中一点红，实属茶山难得一见的靓丽风景。

"变色"之茶

古茶树上的紫芽有神奇般的"变色"魔法，鲜叶为紫红色，制成干茶后为墨绿色，待沸水冲泡之后，叶片又变成青绿色。如同魔法般变换颜色的紫芽茶，引来无数爱茶人的好奇和青睐。

一般情况下，茶叶的颜色大多呈绿色，紫芽是古茶树变异后花青素含量升高所致。花青素是一种可溶于水的天然色素，是茶多酚的重要组成部分。茶叶中花青素的积累形成，除树龄古老和遗传因素之外，还与茶树生长环境密切相关，较强的光照和较高的气温，花青素含量便高，出现紫芽的概率会增大。

紫芽茶携带着花青素，对人体有清热解毒、软化血管、抗衰老的作用，尤其具有抗辐射功效，是天然的抗氧化剂。在欧美国家，花青素被广泛用于保健品中，能够减轻长时间使用电脑所带来的辐射伤害。

花青素在绿茶或其他茶类中的含量较少，而在紫芽茶中含量较高，几乎超过普通茶叶百倍。

紫芽茶杀青制成茶饼后，条索细长，色如墨玉，光泽油亮，犹如肤色深沉的高贵黑美人。注入沸水后，紫芽茶会升腾起一股独特的清香，汤色黄亮，茶气奔放，霸气明显，滋味爽口，但因为花青素含量很高，会有淡淡的苦涩味。不过，如果经过几年时间储藏发酵后，苦涩感能逐渐退去，转化为无苦涩的甘甜。

　　紫芽茶汤色十分迷人。我曾经品尝过一饼永德的古树紫芽茶，这饼经过 10 年藏储陈化的紫芽茶颜色已变为深墨绿色，冲泡后，汤色紫、墨、绿三色融合，高冷艳丽。

　　品尝紫芽茶汤，淡淡的清香里似乎透着丝丝甜味。不过，我喜欢将紫芽茶与勐库茶进行拼盘混合来喝，这样，既可以弥补紫芽茶口感逊色的缺点，又可以添加勐库茶香甜的滋味，优化茶汤的口感。

　　紫芽茶主要生长在永德大雪山和临翔邦东大雪山云雾弥漫的原始森林中。每当春来，会有几棵古茶树枝头绽放出点点红色的紫芽，在一树绿色茶叶中灼灼燃烧，呈现出一派"紫龙烧天"的自然景观。但是，茶林中能够长出紫芽的古茶树终是凤毛麟角，就算一棵茶树今年能有幸长出紫芽，明年也不一定。因为稀奇，又有一定药用价值，所以，紫芽茶被称为"茶中黄金"。

　　紫芽茶性滑柔，香气深沉，水甜甘长。由于稀少，不易了解，一直被人误以为是一种新发现的品种。其实，紫芽茶早在唐代就已经被茶人发现，而且还成为皇室贡品。紫芽茶的高贵地位早在陆羽的《茶经》中就已被肯定。晚唐诗人张籍也对紫芽茶情有独钟，作诗赞道："紫芽连白蕊，初向岭头生。自看家人摘，寻常触露行。"可见，紫芽茶在茶人心目中一直都是茶珍品。

　　为了满足人们对紫芽茶的品饮需求，植物学家在 20 世纪 80 年代从云南茶山一棵古茶树上，采集回来一株茶茎、茶芽、茶叶、汤色全为紫色的单株，进行无性培育，这棵紫色单株茶树如今成为云南茶叶的代表性良种之一。而它的后代，便是经过人工培育出来的"紫娟茶"。

紫娟汤色

　　因为紫娟茶的母种颜色纯紫，因此，比自然生长的紫芽茶颜色更鲜艳，更紫红，甚至连茶汤都呈淡紫色。如果说红茶的汤色为热情奔放，那么紫娟茶的汤色便是高冷诱人，紫娟茶的汤色比红茶更诱人，更光彩耀目，让茶人爱不释手。但紫娟茶的韵味与其颜色相比，要逊色得多，汤质较薄，刺激性强，苦味明显，口感一般。

　　紫娟茶属于中小叶种，具有紫茎、紫叶、紫芽的表象特征。叶形呈柳叶状，叶面平滑，叶缘锯齿浅，叶脉不明显，叶身较薄。而自然生长的紫芽茶是大叶种，叶脉突显，叶身较厚。

　　很多人会将紫鹃茶误以为是紫芽茶。紫娟是人工改良品种，而紫芽为古树变异；紫娟口感稍淡且苦味明显，而紫芽香里透甜；紫芽可做成普洱茶，而紫娟则不能，只能通过烘青工艺制成绿茶。

　　但紫娟与紫芽一样，有预防高血压、增强免疫力、抗炎消肿的功效。

"会跳舞的古茶树"

在茫茫起伏、幽深神秘的永德大雪山古茶树群落中，还生长着另一种变异茶——藤子茶。所谓藤子茶指的是从古茶树上一些如柳条般枝头采摘下来的茶叶。

产自永德县亚练乡章太村山上的正宗藤子茶极为稀少，现仅存 30 余株，大多是百余年前人工栽培形成的，树龄最长的几株达 200 余年。

藤子茶树虽不太高，但树幅庞大，侧枝茂盛，形状如伞，枝条如藤，叶片如柳。只要风吹过，便有万千纤枝轻盈摇曳，姿态万千，随风起舞……这种枝条柔软细长，像藤一样弯弯曲曲，"会跳舞"的古茶树，被当地人称为"藤子茶"。

永德藤子茶树

藤子茶在春季生长，1芽4-5叶，节间较长，叶芽像茉莉花般小巧，3-4朵为一簇，开满整棵茶树。纤细修长的藤子茶，呈墨绿色。杀青后呈乌色，汤色嫩绿明亮，持久耐泡，茶多酚含量较高，是目前发现茶多酚含量最高的茶种。

藤子茶清香润喉，有花果香和野蜂蜜般的香味。冲泡时，你会感到有缕缕幽香裹着丝丝甜味弥漫在茶席间，其味清香而略有甘甜，回味悠长。

永德藤子茶产量不多，实在是茶中珍品，惹人喜爱。许多年后，每每迎来春雨，我便自然想起临沧这些珍稀的藤子茶树的枝条在烟雨迷蒙的茶山中翩翩起舞，想象藤子枝头鲜嫩小巧的茶叶，像丁香姑娘打着的一把把小雨伞，在丝丝雨帘中，柔情地向茶人挥手致意。

谈及永德章太村的藤子茶，不得不提永德紫玉茶业董事长朱永昌先生。他很早便开始研究藤子茶，热爱藤子茶，制作藤子茶，将藤子茶作为一款临沧茶珍品宣传推广。用"一世茶人，千秋茶心"来形容他对藤子茶的痴迷热爱一点都不为过。临沧茶界认可一句话："要喝稀奇藤子茶，还得去找朱永昌。"

永德大雪山，是一个在漫长时光中野生茶逐渐向栽培型过渡，古茶树变异出紫芽茶、藤子茶的地方，更是一个追寻恐龙时代茶树始祖——中华木兰及其子孙野生茶不得不去的茶圣地。

下

径幽香远

古树生茶汤

第一章　西方下午茶的优雅：滇红

在诗歌中，诗人将红茶比喻为"醉人的玫瑰，春天的芬芳"。

谁能想到，数百年来，世界上人均消费红茶最多的国家是英国。

红茶，最让英国人上瘾、迷恋和疯狂。它飘飘欲仙的香气，散发出一种温暖的诱惑；它红酒般妖艳的美色，令人浮想联翩，伴舞秋醉红枫的浪漫……

下午茶席

茶引发贸易战争

茶人用全发酵的制作工艺，展现出了红茶的成熟美。茶叶在经历了最为彻底的物理变化之后，茶多酚充分转化，青涩褪尽，温和秀美，散发出叶子中最为丰富的花香、甘香、醇香，因而使茶拥有最为纯粹的浓烈韵味。

红茶起源于中国，盛行于世界。英国人在日常生活中，最大的享受莫过于在早晨起床时喝上一杯红茶。

谁能想到，一片小小的中国茶叶，很早便融入英国人的味蕾和文化，给英国带来了巨大的税收，但也带来了白银外流、贸易逆差和货币金融危机等一系列问题。清朝中期，英国为扭转贸易逆差，欲将白银抢夺回英国，便把鸦片输入中国，贸易战上升到了军事战，改变了中英两国外交乃至中国近代历史的走向。

自 17 世纪中期起，红茶被称作"香草"，随东印度公司的商船从福建厦门启程，漂洋过海，输入欧洲。因红茶有预防疾病、提神醒脑、增强体质的功效，迅速风靡工业革命崛起的发源地—英国。那时，中国的茶主要是作为药用，在伦敦的药房中出售。

1662 年，葡萄牙公主凯瑟琳嫁入英国皇室，成为英王查理二世的妻子后，品尝了从中国输入的红茶，便爱上红茶的滋味。更为神奇的是，长期喝红茶竟然让她原本肥胖的身材变得苗条起来，面容也变得红润。

英国皇后因喝茶而变得年轻美丽、身材苗条的秘密在欧洲上流社会广泛传播。从此，红茶便成为欧洲，尤其是英伦三岛的主要饮品。就这样，集休闲、社交于一体的下午茶在宫廷中自然而然诞生了，成为英国文化中最精致优雅的社交礼仪。

皇后和茶的传奇故事，激发了西方人对中国红茶的热切向往，让当时英国上流社会的淑女们趋之若鹜，纷纷拿出手中的白银向中国进口茶叶。当时，世界茶叶市场为中国垄断，中国红茶品质世界第一，价格昂贵，英国的家庭需要拿出十分之一的收入购买茶叶和糖。用今天经济学的专业术语说，英国人的恩格尔系数很高，仅茶叶消费就占了家庭相当大的支出比重。恩格尔系数是指一个国家居民在饮食方面的支出占个人总消费支出额的比例，可透视出一个国家对食品的需求程度。

为了进口中国茶叶，英国的大量白银纷纷流进中国。中国贸易顺差，白银流入；英国贸易逆差，白银减少，造成货币危机。英国没有足够的白银来从中国商人手中购买茶叶，茶叶断供，成为英国上层社会对政府强烈不满的社会问题。此时，英国使出"阴招"，以贸易不平等为由，由东印度公司负责将从印度、南美洲等殖民地搜集的大量鸦片运往中国倾销，欲扭转贸易逆差，使白银重新流回英国。

鸦片倾销，使数百万中国人吸食鸦片成瘾，中国每年外流的白银达 600 万两以上。仅仅数十年，作为中国本位货币的白银急剧减少，银贵钱贱，经济萧条，市场陷入了缺银的状态，沉重打击了中国以白银为本位的货币金融体系。

为了阻止白银外流，确保清廷的货币金融稳定和国民身体与精神不被鸦片毒害，道光皇帝"钦差"林则徐到广州禁烟。红茶、鸦片在中国和英国之间循环周转，并始终围绕白银来进行。最终，一片小小的茶叶超越了它的植物属性，上升到货币战争的武器，乃至爆发军事冲突，导致了改变中国历史进程的鸦片战争。

谁能想到，香甜的茶汤里，还隐藏着西方殖民者内心的贪婪和金融战略。一片小小的茶叶，牵引着沉重的白银在相距万里的东西方两个帝国之间流动，从而掀起惊涛骇浪。

鸦片战争，实质上是英国颠覆中国银本位的一场货币决战，战争的胜负决定着中英百年兴衰走向。

滇红助力抗战

谈及红茶，自然想到世界红茶之乡、云南红茶产量最大的县—凤庆，想到滇红以及它的创始人冯绍裘。

1937 年七七事变以后，抗日战争全面爆发，中国军队节节败退，侵华日军快速推进，中国半壁江山失去，茶叶出海口上海和东南各省产茶区相继沦陷，1937 年 5 月 6 日由南京转移到汉口的中国茶叶公司再次紧急从汉口迁往重庆。红茶作为当时中国的主要创汇农产品，生产和出口急需转移到大西南，更需要在四川、云南、贵州三省寻找到新的红茶生产基地。

为了确保红茶出口，换取外汇，支援抗战军需，中国茶叶公司决定在云南开辟新的红茶基地。此举激发了我国茶界先辈的爱国救国精神，纷纷发出"到云南，振茶业，换外汇，救中国"的呼声，投身于实业救国之路。

1938 年 9 月 20 日，在抗日战争的炮火中，一个与滇红有缘的茶业专家冯绍裘，冒着生命危险，受中国茶叶公司委派乘飞机至昆明，从昆明乘汽车沿刚修通的滇缅公路颠簸了三天，抵达大理，接着步行十天，来到当时称为顺宁的凤庆考察云南大叶种茶，寻找制作红茶的原料，出口创汇，换回抗战物资。

在凤庆茶山，头戴毡帽、目光炯炯的湖南人冯绍裘先

冯绍裘铜像

生一见到上万株翠绿的凤山大叶种茶在高山流水环境中自然生长，芽壮叶肥，白毫浓密，比小叶种茶质优良甚多，深感兴奋，相见恨晚，目光久久被那些粗壮高大的凤山大叶种茶树所吸引。大喜过后，他立即组织人采摘凤山鲜叶，试制红茶。当这些鲜嫩的茶叶通过全发酵之后，叶底红艳发光，香味浓郁诱人，标志着用大叶种茶制作红茶取得成功。

据滇红创始人冯绍裘撰文回忆，1938 年秋，大叶种红茶在凤庆试制出来后，冯绍裘沿袭中国红茶均以产地命名的传统习惯，拟名为"云红"，亦想借天空常现的朝霞寓意中国最终会取得抗战胜利。但中国云南省茶叶公司提议用"滇红"名字较雅致。从此，一个闪耀西方的茶品牌—滇红顺利诞生。滇红茶用"一芽二叶"的大叶种茶制作，金丝黄亮，在外观上优于小叶种红茶，俗称"金芽"。滇红试制成功，引起了时任富滇新银行行长兼云南省经济委员会主任缪云台先生的关注，他对滇红出口创汇前景十分看好。于是，决定投资入股，在昆明组建中国云南茶叶贸易股份有限公司，建设顺宁（凤庆）、佛海（勐海）及宜良三家实验茶厂，提升制茶效率和茶叶品质，扩大出口，赚取外汇购买军需品，支持国家抗战。

值得一提的是，在缪云台决定投资入股之前，当时的宜良实验茶厂已经初具规模，主要生产红茶和绿茶。宜良实验茶厂于 1920 年建厂，由留日学习茶业的归国学生朱文精筹建。茶园在距离宜良县城七里地的上栗者村、望海庙以及昆明附近的大麻直，种植茶苗 10 万余株。

1938 年 12 月 14 日，中国云南茶叶贸易股份有限公司在昆明市威远街 208 号召开创立大会，挂牌成立。云南省政府委任缪云台为董事长，郑鹤春为总经理。

在抗日烽火中创建的中国云南茶叶贸易股份有限公司，后来开创了云南茶产业的光辉历程。公司初创时，资金仅有国币 20 万元，随着业务的不断扩大，经过 5 次增资扩股，到 1942 年公司股本已达国币 240 万元。主要由富滇新银行控股，中国茶叶贸易公司持有部分股权。

有了富滇新银行资本的注入，顺宁实验茶厂率先于1938年12月建成投产，年生产红茶5000担。至此，凤庆县城的天空中飘出了不一样的茶香，拉开了创建滇红品牌的序幕。

1939年1月，顺宁实验茶厂第一批500多担滇红茶出厂，由马帮沿茶马古道运到大理祥云，经滇缅公路运抵昆明，再通过滇越铁路抵达越南海防，走海路至香港后，由香港富华公司转销至英国、美国、俄罗斯等国家。在伦敦，滇红获得了英国品茶师的好评，他们称其具有祁门红茶之香气品质，又有印度、斯里兰卡茶之色泽风味，且掺入牛乳后仍能保持美观之红色，尤为珍贵。从此，滇红在国际红茶舞台声名鹊起，风靡英国乃至整个欧洲。

滇红的出口量在高峰时一度占到云南茶叶出口额的85%以上。在伦敦，滇红以每磅800便士的高价出售。因此，当年仅此一批500多担滇红，便可换得近13万英镑外汇，支持抗战。

滇红在西方市场一举成名后，冯绍裘便定居顺宁，足迹踏遍顺宁茶乡，不断修正茶叶发酵方法，使用手推木质揉茶桶、脚踏烘茶机、竹编烘笼等制茶工具，不断生产出滇红茶，使之成为"抗战茶"，成为抗日战争时排名大锡、桐油之后的云南又一出口创汇产品。

冯绍裘择一片茶，倾一生情，成就了滇红的茶品牌。新中国成立后，滇红又出口到南洋及苏联，以其得天独厚的品质行销世界各地。

每次与滇红相遇，总是被它在国家危难之时肩负的家国情怀使命所感动；总是被它高贵的浓香缭绕、诱惑，明白了西方上流社会对其迷恋的奥妙。在英文里，中国被称作"China"，有人认为是从茶叶和丝绸两词的急促音读拼接而来的。这从某个方面说明了茶在西方社会日常生活中的重要性。

茶点燃美国独立战争之火

中国是世界上最早生产红茶的国家。明朝时期，福建武夷山的茶农首先制作出了红茶，名为"正山小种"。但从抗日战争时期开始以后，云南的红茶产量和质量后来居上，特别是顺宁的产量又居云南之首。

根据专家研究，红茶有很强的利尿排毒、消炎杀菌、提神消疲、生津清热的功效，茶汤有利于增加肾脏的血液流量，提高肾小球过滤率，扩张肾微血管，促成尿量增加。一杯红茶对人体具有这么多的好处！因此，历史上虽未种植过茶叶的英国，却用中国红茶这一舶来品创造了一种优雅的"英式下午茶"文化。数百年来，英国一直是世界上最大的红茶进口国，英国人不可一日无红茶，将红茶视为"第一饮品"。

英国茶商托马斯·加尔威写过一本叫《茶叶和种植、质量与品德》，书中详细记录了英国的茶叶最初是东印度公司从厦门引进的。1677 年，英国东印度公司从厦门港口运往英国的货物中，60% 是红茶。

红茶作为"奢侈品"，开始仅在英国上流社会流行。直到 18 世纪中叶，随着进口量的增加，红茶已普及寻常百姓，成为英国最流行的饮料。彼时，整个英国都为中国茶而疯狂。连英国人艾伦·麦克法兰、艾丽斯·麦克法兰在所著的《绿色黄金：茶叶帝国》一书中都赞叹道："没有中国茶，就没有英国的工业化，就没有日不落帝国的荣光。"

谁也想不到，又是中国的茶叶，仿佛化为一团烈火，点燃了美国轰轰烈烈的独立战争。历史上，英国曾经长期殖民北美，从中国进口到北美销售的茶叶，英国要征收高额的关税。1773 年，英国为了垄断北美茶叶市场，确保东印度公司的利润不下滑，英国议会通过了《茶叶法》，给予东印度公司在北美低价倾销茶叶的特权。

红茶茶汤

规定东印度公司可将来自中国的茶叶，每磅仅征收 3 便士的轻微关税，便可在北美地区低价销售。这一税收政策严重损害了北美地区茶商的利益，遭到他们的坚决反对。于是，北美地区的茶商掀起了抗茶运动，首先动员人们不喝茶，进而阻止东印度公司海运茶叶到波士顿港口，对已经进入海港的茶叶强制卸货封存。这便不难解释，今天的美国人多喝咖啡，而少喝茶。

1773 年 12 月 16 日，在塞缪尔·亚当斯的策划下，一百多名战士装扮成印第安人，在夜幕的掩护下，登上驶进波士顿港的英国货轮，夜袭了三艘装满茶叶的英国东印度公司商船，将 342 箱茶强行倒入大海，从而点燃了反对英国殖民霸权的美国独立战争之火。这便是历史上著名的"波士顿倾茶事件"。

虽然战争的根源在于北美民众反抗英国的殖民统治，但中国茶是点燃这场战争的导火索。中国茶直接导致了美国人民拿起武器，奋起抗击英国的税收政策，于 1776 年建立了美利坚合众国。经过不懈努力，英国殖民地的人民最终赶跑了英国殖民者。1783 年，英国承认美国独立。

可以说，美国独立战争就是一场茶叶战争、税收战争。如果没有来自中国的茶叶，美国的独立是否会被延后都是一个问题。

从来佳茗似佳人

据史料记载，英式下午茶的开创者是 19 世纪中叶贝德福德公爵的夫人——安娜·玛利亚。因为她身份显赫，影响力大，下午茶很快便流传开来，成为英国最时尚的文化。美国小说家亨利·杰姆士在其《仕女画像》一书中写道："人生最舒畅，莫如饮下午茶的时刻。"

中国最初出口到英国的红茶是福建的"武夷山茶"，于 17 世纪从厦门港开始出口。因此，英国人根据厦门口音，将红茶称为 Tea。至于安徽"祁门红茶"、云南"滇红"，则是在晚清和抗战时期才成为后起之秀的。

"祁门红茶"以香高、味醇、形美、色艳驰名于世，与印度的"阿萨姆""大吉岭"和斯里兰卡的"乌伐"红茶齐名，是一款高香名茶。由于"祁门红茶"背后凝聚着东方悠久灿烂的文化，故饮用"祁红"便成了高贵身份的象征。法国著名作家小仲马在《茶花女》中描述一位贵族衰落时，曾这样嘲讽道："你穷得连祁门红茶也拿不出来了。"

从维多利亚时代开始，精致优雅的下午茶成为英国非正式社交的必需品。在悠扬的古典音乐声中，下午茶在舒适的客厅或花园里举行。贵妇们手持精制扇子，身着缀有蕾丝的长裙，腰身紧束，裙裾飘飘，犹如孔雀开屏；男士们则一律白色衬衫、黑色礼服，展现出一派英国绅士的雅致风范。

红茶汤色

　　原本在中国山区默默无闻、国人较少喝的红茶，意外地受到了英国人的青睐，从而获得完全不同于中国茶文化的另一种内涵。下午茶在英伦三岛已经延续了几个世纪。英式下午茶除了品茗以外，最诱惑人的魅力是让未婚女士们一展茶艺，用茶艺吸引上流成功男士关注。英国的女人们很了解男人们对茶的喜爱，更了解男人们对那些举止优雅品茶女子的迷恋。自然地，红茶渐渐成为婚姻的媒介，下午茶成为女人展现优雅魅力的方式。

英国作家考利·西伯尔曾经写过一章散文诗："茶啊！你这使人柔软、清醒、睿智、可敬的饮品，滚动了女人们的舌头，轻柔的微笑，敞开心胸，沉淀过滤了兴奋；当你的味道从灿烂进入无味之时，却是我生命中最为喜悦的时刻。"其实，这段充满英国贵族味道的语言，在中国人看来，无非是想表达红茶如淑女般优雅与秀美，令人动容生情。而中国古代诗人苏东坡只用两句诗便将茶之美展现得淋漓尽致，"戏作小诗君一笑，从来佳茗似佳人"。

凤庆滇红，一经问世，便展现出红茶之柔美。汤色似红酒，香韵隔座飘，红茶的诱惑力，让人迷恋。英国人虽然没有学到中国茶文化的诗意，但把饮滇红当作优雅生活的标志。一杯滇红在手，品尝一口，香气馥郁，滋味浓烈，令人不自觉地沉浸在红茶幽雅的情趣中，充分享受着红茶的美妙。

1910 年，法国人投资修建的米轨滇越铁路通车，将云南高原与太平洋连接了起来。1936 年云南人又建造了寸轨——个碧石铁路，将个旧、石屏与碧色寨相连，虽与滇越铁路不接轨，但共同使用一个车站——碧色寨车站。石屏因此成为茶叶出口海外的重要中转站。马帮将红茶和普洱茶从滇西南托运到石屏，经个碧石铁路火车运抵碧色寨车站，再经滇越铁路抵达越南海防，通过海运至香港，还有西方各国。

当时，云南茶叶因有了铁路加持，运输效率创历史新高，这也促进了石屏在 20 世纪 30 年代的商业繁荣，大量经营红茶和普洱茶贸易的商号在石屏增设仓库，中转出口。这些门庭若市的仓库，成为同时被原始的马铃声与工业文明的火车汽笛声包围的交融点。

1941 年，太平洋战争爆发，战火蔓延至东南亚国家，滇越铁路停运，茶叶出口不畅。1942 年，日军攻占缅甸，切断了茶叶由缅甸皎漂港出口西方的通道，佛海、宜良两实验茶厂茶叶滞销，先后停产。1943 年，中国茶叶公司撤资，退出在云南中茶公司的全部股本，终止合作关系，红茶的生产和出口创汇重任全部落在顺宁实验茶厂，落在了茶人冯绍裘的肩上。正因如此，滇红茶业贸易一直不曾中断。直至 20 世纪 80 年代，滇红的出口一度占到云南省茶叶出口的85%，出口价格保持在每吨 5000 美元以上。

怎能想象，红茶的高香让人心胸坦荡，坚定情怀信仰；红茶的韵味，可联想起抗战的枪炮声；红茶的贸易，竟然与中外历史上如此多的重大事件有关！

现代人对红茶的认识较为片面，这是茶文化碎片化和信息断层所致。其实，在西方国家，云南最响亮的茶品牌仍然是滇红，而非普洱茶。2022年，凤庆滇红茶制作技艺入选人类非物质文化遗产代表作名录，足以说明滇红的影响力已经 辐射全世界。

尽管红茶是全发酵茶，但我们仍能从中喝到植物的味道，喝到自然的韵味。红茶可以滋润气血，堪称是女人闲时最好的伴侣。难怪有"小资女人"给它起了个雅致的笔名——女儿茶。

我爱滇红，不仅因为它迷人的香气，温润细腻的口感，还有它那可以包容牛奶、咖啡、蔗糖的宽广胸怀。

红茶氤氲的暗香，最容易触发诗人的思绪。当年，在凤庆蒲门茶业古色古香的茶室品尝滇红，深感每一杯汤里都隐藏着糯糯的春风、甜甜的细雨以及暖暖的阳光。此刻，我的诗情开始融入了滇红的缕缕茶香：

我用暗香浮动的手
拥抱你，茶客
你也用身心言欢了我
我相遇你
像缘分中的一次相约
品比夕阳还红的红
尝比山泉还甜的甜

茶客，我的汤色是玫瑰
并非血的红，带杀气
并非酒的红，有烈焰
我轻，可冲淡你红的眼

我柔，可解开你死的结

复仇者，见我

不想再去找仇人

冲动者，喝我

不想再去点燃火

爱上我，你找到了心灵解药

见想见的人

做想做的事

成父亲的拐杖

做儿女的手掌

爱我，方能读懂

我内心隐藏的一篇哲学

拿得起，放得下

沉与浮，一瞬间

生于山野，止于茶宴

我用尽一生

滑到你口中，才愿说出

我的名字叫滇红

茶客

你不是小资便是贵人

第二章　　前世的渡口驿站：茶马古道

　　自商品和货币出现后，人类的经济史，某种程度上就是一部对外贸易的历史。

　　北有丝绸之路，南有茶马古道。在以牛马为交通工具的漫长时代，云南马帮通往外地的交通主要依赖茶马古道。茶马古道，是骡马和赶马人在高山峡谷、原始密林中踩踏出来的一条崎岖缝隙。外运普洱茶的马帮要翻越重重高山，蹚渡过湍急的江流，行走过铁索危桥，穿越瘴气肆虐的森林，战胜无常的恶劣天气，方能完成一趟艰辛的茶叶之旅。

　　茶马古道，既是近代茶叶流通的大动脉，又是文化传播的走廊，在人类交通史上写下了一段悲怆而又辉煌的史诗。

魂牵梦萦嘎里古渡

　　一条古道，既是商品和文化的走廊，更是一段历史的诉说。它由小径、渡口、吊桥以及潜藏着悲欢离合故事的驿站、小镇串联组成，隐没于云南的高山峻岭之中。

　　明清时期，茶马古道曾经作为重要的交通线，串联起大半个亚洲大陆。今天，随着现代交通的快速发展，云南的茶马古道已经退出历史舞台，但深嵌在古道上马帮足迹的烙印，沿途的古镇和渡口依然记录着那些逝去的古老记忆，仿佛在讲述着因茶叶之旅而衍生出的无数悲欢离合故事。

古道上的马帮

　　因为无量山脉的阻隔，由青藏高原奔腾南下的澜沧江，在云县北面拐了一个漂亮的"S"形大弯。这条长长的湛蓝江湾，从地理上无情地割断了南北走向的茶马古道，使得马帮必须在临沧大地上两次跨越澜沧江，才能抵达茶叶贸易的目的地——西藏。

　　我看过一部国内权威电视台摄制的《茶马古道》纪录片，不知是拍摄者的疏忽还是对茶马古道临沧段缺乏了解，竟无一镜头和文字描述马帮跨越澜沧江时的惊险之地临翔区嘎里古渡和咽喉重地凤庆县鲁史古镇，使人感到十分遗憾。在考察了临沧段的茶马古道之后，我不得不站在历史和现实的角度重新审视嘎里古渡和鲁史古镇的前世今生。

　　我对澜沧江古渡怀有深深的眷恋，去昔归漫游，除了欣赏忙麓山古茶树之外，还曾久久沉醉于壮丽旖旎的澜沧江风光，目光常常驻留在澜沧江面南北必经的渡口——嘎里古渡。

　　嘎里古渡是马帮跨越澜沧江时最为惊险的水路。踏上茶马古道的一队队马帮要顺利从西双版纳、普洱北上临沧、大理，首先必须征服暗流汹涌的嘎里古渡。

　　据史料记载，明末清初，嘎里始设渡口。1948年编撰的《缅宁县志》记载："澜沧江上渡，即本县之嘎里渡。距城东140里，为通景东要津，设船以渡。"随着茶马古道上马帮的逐渐增多，渡口不仅提供木船摆渡，还开设饭店、马店供来往客商和马帮食宿。清朝光绪、宣统年间，外来客商纷纷在这里开设商号，经营水上营运、盐巴茶叶贸易。至今，从嘎里古渡蜿蜒北走的古道青石板上，依然保存着马蹄留下的深深烙印。这些马蹄印一串串缠绕在忙麓山脚下，消失于远方的茫茫群山。由茶马古道运往西藏的普洱茶，经过漫长的旅途，历经千山万水、风吹日晒、霜去雪来，采用自然透气包装的茶叶得以天然发酵，产生了极好的味道和口感，形成了特殊的陈香风味，更受藏族人民喜爱。于是，滇藏茶马古道就日益繁荣起来。

　　嘎里古渡永远是赶马人心中的一道伤口和一道等待征服的关隘。站在嘎里古渡，江面看似平静，却暗流涌动。涛声时而如女人柔情絮语，唤起赶马人记忆中温暖的家；时而又如苍凉山歌，诉说一段以船为鞋，踏过涛声凝成历史的马帮人生。

马帮主要靠木船横渡澜沧江，如果受浪头或天空鸟鸣的惊扰，马群或许会受惊失重，随木船顷刻翻沉江中，无情地融入涛声，唱出一曲曲关于人、关于茶、关于马的悲壮挽歌。

时光在茶马古道静静流淌了数百年，流不去的只有澜沧江翻飞的水波捕捉着逝去的记忆，只有深陷石板路上的马蹄印无声地诉说嘎里古渡昔日的辉煌，只有忙麓山上释放的茶香依旧飘浮在晓风残月的古渡口。

嘎里古渡旁的忙麓山，因为合适的茶种、朝向、土壤、气候和海拔，成就了茶人喝过就永生难忘的佳茗——昔归茶。忙麓山是爱茶人心中的神往之地，昔归茶令无数茶客魂牵梦萦。春天，古渡口旁的山坡上，风摇古茶树，一山的佳茗如情侣间的蜜语，仿佛在给远方的壶注入一丝丝生命的翠绿和鲜甜。由于茶质优秀，追逐者众，普洱茶的辉煌正在被今天古渡口附近的昔归忙麓山茶传承和续写。

而我也隐隐感到有些遗憾。嘎里古渡不仅作为茶马古道临沧段的起点，而且作为古道中最凶险的一个关隘，不知承载了多少赶马人踏过澎湃涛声的历史。但随着水电站的建设，澜沧江水位抬升，古渡口已淹没在江水之下，前世热闹非凡的嘎里古渡口，已无踪影。

嘎里古渡的故事，还有几人知晓？我以为，临沧人只有重新恢复嘎里古渡遗址，才能记住那些曾经征服过澜沧江的马背人生，才能闻到茶马古道上曾经飘荡的悠悠茶香。然而，在功利至上的商品经济社会中，重建古渡口遗址十分艰难。

史书记载，清乾隆年间，每年从嘎里古渡经过的马帮都要在此歇息、装茶。古道上尘土飞扬，赶马人的吆喝声，嗒嗒的马蹄声，清脆的马铃声，不绝于耳，打破邦东忙麓山中千年寂静，呈现出一场场"山间铃响马帮来，普洱茶香飘万里"的热闹景象。

面对嘎里古渡曾经的繁荣，有人吟诗赞道：

> 一水过山川，缅宁几道弯。
>
> 大清开摆渡，嘎里造商船。
>
> 盐号沧江过，茶商古道穿。
>
> 如归于老店，笑傲在险滩。

鲁史是一部茶的浓缩史

茶马古道曾经成就过一座座城镇，既是一条商品文化走廊，又是一段交通变迁的历史。马帮在茶马古道临沧段跨过著名的青龙桥后，才能抵达滇西第一驿站鲁史古镇。

清乾隆二十六年（1761年）青龙桥竣工，桥身由16根铁索牵拉构成，设计之精美、工艺之高超、位置之重要，成为滇西宏伟的古建筑之一。历经200余年的风吹雨打、战乱人祸，毁坏重建，依然雄姿屹立，但随着小湾电站的建设蓄水，青龙桥遗址已被上升的江水无情吞噬，并永远埋于澜沧江水底，让后人空留遗恨。现在的我们只能从20年前的老照片中目睹它高悬于峭壁上的雄姿。

鲁史是茶马古道"顺（宁）下（关）线"中有着数百年历史的古镇，形成于明万历二十六年（1598年）前后。澜沧江青龙桥建成后，通过的马帮络绎不绝，鲁史镇商旅云集，渐渐繁盛。然而，现在这座古镇却因道路的改变，渐渐淡出人们的视野，以至于今天许多云南人都不知道滇西大地上曾经有过这样一座被人们称为"小上海"的鲁史古镇。

俊昌号茶庄

　　一座小镇能迅速繁荣起来，一定有它成长的原因。鲁史就是这样一座因茶马古道繁忙、茶叶贸易兴盛而繁荣起来的古镇。打开地图，鲁史位于临沧凤庆、保山昌宁、大理巍山和南涧四县的交会地带，独特的地理位置让鲁史成为滇西一带的商品交易中心，内地的许多商号纷纷聚集，小小的古镇鲁史，拥有大小商号上百家。

　　鲁史原名"阿鲁司"，彝语之意是"一座繁荣的小镇"。有人这样形容清朝时期的鲁史镇："半为山村半为市，可作农家可作商。"鲁史虽小且地势处于山坡，但商贾云集，可容土著过客，士农工商，是当时滇西崇山峻岭中一座热闹非凡的市镇。

　　可以毫不夸张地说，鲁史镇因古道而建，因茶叶而兴，是一部普洱茶贸易兴衰的浓缩史。没有茶马古道，没有普洱茶运输，就没有鲁史昔日的辉煌。

鲁史人以茶为生。民国年间，骆英才开设了"俊昌号"茶庄，长期从事茶叶栽培、加工和贸易；还有出自凤庆段逸甫五保山茶园的"凤山春尖"，也是民国时期云南茶叶中的珍品之一，声名远扬。

抗日战争期间，鲁史镇是滇红外运祥云抵达昆明的必经之地，加之当时军用、民用物资都从这里进出，鲁史成为抗战时期滇西的商品集散地和抗日信息中心，商号林立，马帮云集，市场繁荣程度和信息交流速度远非现在人能想象。

仔细观察鲁史古镇所处的位置，我们发现，除了地处四县交会地带外，它的三面几乎还被江水包围。由北而南的澜沧江在流经鲁史时，因山势阻隔转向东流，于是鲁史孤单地被割裂在了澜沧江北岸，成为临沧市的一块"飞地"。此外，鲁史北面还有一条黑惠江拐了一个大弯融入澜沧江，三面临江的鲁史，成为"夹江地区"。

鲁史位居通往南亚缅甸的古丝绸道和通往内地的茶马古道上，又三面环水，地势险要，历史上既是兵家必争之地，又是商贸集散的繁华之处。

兵荒马乱的年代，澜沧江与黑惠江，仿佛大自然赐予鲁史古镇的两条护城河，由于有它们的护佑，鲁史成为南来北往商旅和逃难者的避风港湾。数百年间，不断有外地人或躲战乱，或经商来到鲁史，并在此定居下来。他们的到来，带来了中原文化和手工业技术，促进了鲁史地方建筑、纺织、食品、手工业发展和文化繁荣。鲁史会馆林立，是当时的商品集散中心和文化交流中心。

鲁史巡检司

　　鲁史留不住身边奔流的江水，但留下了马帮在青石板上的深深蹄印；鲁史留不住赶马人的歌声，却留下了民国时期"俊昌号"茶叶的著名品牌，留下了汉族文化与大理白族文化乃至边疆少数民族原始习俗互相融合的云南韵味。

　　鲁史的街道以四方街为中心，形成"三街七巷一广场"的布局。"三街"代表天、地、人，"七巷"寓意七星朝北斗。"三街七巷"悠久的历史，无声地诉说着鲁史昔日的热闹辉煌和今天的沉寂。广场上现存的戏楼仿佛隐隐回荡着当年的锣鼓声，在安抚着赶马人在异乡的思念与孤寂。

　　最能展现鲁史岁月辉煌的是众多的会馆和民居古建筑。"三街七巷"两侧，如古印章状的四合院布满山腰，房屋门楣、雕刻、照壁、书画无不打上了汉族传统文化的深深烙印。进入四合院内，墙壁上高悬的祥语、檐柱上书写的楹联、室内布置的书画，或在咏山川之美，或在叹商业之盛，或在赞鸿鹄之志。

　　每一个走进鲁史的人都会为这些有文化的老屋所吸引。这些精美的古建筑群记录了鲁史的辉煌和文化的厚重。对于今天的鲁史人来说，保存下来的古巷老屋和质朴的民风民俗是一笔多么难得的物质遗产和精神财富。

鲁史文化的根是中原汉文化。走进鲁史，犹如走进了铭刻着沉重岁月的茶马古道里，走进了中华文明传播的历史中。老街、古寺、斑驳的戏台，还有那晃动着月影的古井，都争先恐后地向人们诉说着古镇风情万种的余韵。长长的楼梯街，深深的马蹄印，留下的不只是骡马的蹄血和汗渍，也不只是马锅头的辛酸和风流。这一块块被马蹄踏过的石块，犹如中原文化与边地少数民族文化相互碰撞留下的深深烙印。芳华虽已成为过去，这里变得黯然沉寂，但我们怎能不对古镇上至今保留完好的建筑和文化感到庆幸并致以深深敬意！

滇红的茶香已远飘到世界各地，而今天的凤庆鲁史镇，也在用岁月沉淀出的茶香等待着有缘人再来，发掘其隐藏的价值，重启古道的辉煌。我们有理由相信，在不远的将来这些都会变成现实。

面对茶马古道临沧段的沧桑，我们不妨多读几遍鲁史古镇老屋门上的那副对联："含笑看人生，平心尝世味。"

古道上的人和歌

　　数百年来，云南西双版纳、普洱、临沧三大茶区所产之茶都要通过茶马古道滇藏线，穿越险山恶水，北上大理、丽江，跨过世界屋脊进入西藏，乃至销往西亚。这条茶马古道且长且险，号称"世界上海拔最高的传播中国古代文明的国际通道"。

　　说到茶马古道上马帮的帮主，不得不提"走西头"的石屏商人。所谓石屏商人，指的是大约清朝雍正年间，最先抵达澜沧江流域曼撒（易武）、革登、倚邦、莽枝、蛮砖、攸乐（基诺）古六大茶山收购普洱茶的外地汉族商人。这些来自"文献名邦"的石屏商人赶着马帮，跨越哀牢山、李仙江、无量山，历尽艰辛首先抵达曼撒，收购当地少数民族的茶叶，并加工制作成茶砖、茶饼、千两茶后，将其销往昆明、大理、丽江、香格里拉、西藏等地。

　　这是一趟趟风险较高但利润丰厚的长途贸易。茶马古道上的石屏马帮越走越多，生意越做越大，数千人的马帮因此有了一个共同的名称——石屏商帮。最初，云南普洱茶贸易大都由石屏商帮垄断经营，因此，石屏商帮也称为石屏茶帮。随后，其他地方的汉族商人看到了茶叶贸易丰厚的利润，先后有喜洲、鹤庆、腾冲等地的马帮汇入茶马古道。

　　在茶叶采摘、制作和长途贸易中，石屏人于清光绪年间，采用家族经营或集资入股等方式开设了云南最具盛名的"同庆号""吉昌号""乾利贞宋聘号"等普洱茶商号。遍布昆明、思茅、石屏等地的"乾利贞"商号便是由晚清云南状元袁嘉谷家族创办的。越来越多"走西头"的石屏人汇聚易武等六大古茶山种茶制茶，开枝散叶，逐渐改变了当地少数民族的生活习俗和民居建筑。今天，易武人的民居、民俗、民风、口音基本与石屏相似，易武俨然成了石屏人的"第二故乡"。

　　进行茶叶贸易的马帮从西双版纳易武北上，经普洱、临沧，过鲁史古镇，才能抵达巍山、大理北上西藏或东转昆明。如果从凤庆出发，第一天宿新村；第二天过澜沧江上的青龙桥，夜宿金马。金马过去下一站才抵达茶马古道上的重镇鲁史。

"乾利贞宋聘号"商标

因为茶叶、盐巴和布匹的贸易关系，茶马古道几乎贯穿了滇南、滇西整个腹地，在漫长的历史岁月中留下了著名的古镇、古渡和铁索桥。如今，随着小湾、漫湾、大朝山、糯扎渡水电站的建成，江面上升，许多村寨、古渡、古桥也沉入江底，像一个个历经劫波、洞穿世事的老人，在百年风雨之后遁入荒野，隐入尘烟。

现在的鲁史，目之所及也是砖墙斑驳，梁柱萧瑟，商人渐行渐远，留下的是一些老屋、老街、老人和青石板上深深的马蹄印。曾经清脆的马铃声、赶马人的山歌调也如远去的风飘进历史，永远定格于时光的记忆，化为满山悠悠的茶香和对古镇浓浓的怀念。

时过境迁，斗转星移。没有人知道，古道上究竟有多少马帮走过，驮走了多少茶叶，马蹄踏碎了多少赶马人尚未诉说的辛酸故事。

今天，只有嘎里古渡旁的忙麓山，昔归茶香从春天到秋天依旧飘散在不远处的山坡上，令无数茶客魂牵梦萦。

作为一个匆匆的过客，我嗅着忙麓山上的茶香，沿着山脚下的茶马古道，追思寻觅，幻想听见曾经清脆的马铃声声。忽然，几声翠鸟鸣叫飞过头顶，打断了我的思绪。

我突然想起，昔日那些旅途艰辛单调、内心却炽热如火的马帮后生，是否也和我一样铁汉柔情？此时，我仿佛听到忙麓山脚下的马锅头，正对着忙麓山上的采茶姑娘，吼出一串火辣辣的山歌调子：

> 哥在这个山下哟，那个左手牵着马，右手想要牵你手。
> 妹在这个山上哟，那个你别忙采茶，你要抬头瞧瞧我。
> 哥在这个远方哟，那个晚上睡不着，喊你跟我一起走。
> 妹在这个心里哟，那个你别走错路，你要点头答应我。

第三章　相约春天到临沧：寻茶

"好雨知时节，当春乃发生。"一场春雨，万山翠绿。

当春风拂过临沧大地，春雨摇醒了古茶树，鲜嫩的茶芽便蠢蠢欲动，像无数绿色蝴蝶在茶树枝头展翅欲飞。

春天献出好茶

常言道："花香蝶自来，茶香人自品。"因了临沧茶的诱惑，总有许多心急的外地茶人，驾上飞奔的汽车，在明媚的春光中匆匆踏上兴奋的寻茶之旅，期待归来时，茶叶溢满车厢，茶香弥漫茶席。

因此，与其说相约春天去茶山寻找一款好茶，不如说我们是在寻找一种风雅情怀，一处心灵的港湾——让繁忙的疲倦身心在绿色茶山中放松。

云南众多茶山都是寻茶采茶的理想之地。春天馈赠出春风，春风吹生出茶叶。临沧之春，茶叶疯长，满树茸绿。置身于一片茶园，仰视高大茶树上冲天的鲜叶，体验雾湿脸颊，茶香袭人的滋味，真是人间一大乐事。若能亲手采下鲜叶，杀青、揉捻后，压制成茶饼，带回家去相伴相守，更是春天寻茶的一大幸事。

寻茶让人心灵更愉悦，心态更宁静。我不时在春天奔赴茶山，倾听春雨呢喃，接受茶林挑逗，静看茶叶温情……体验作家于丹描绘的关于茶的美妙意境："在某一瞬间，如坐草木之间，如归远古山林，感受到清风浩荡。有茶的日子就是一段好时光。"因为在我看来，临沧上百万株古茶树的浓荫下，便是人类放松心情的最理想之地。

茶山

　　一山一味，一树一香，百座茶山百种味。究竟临沧的哪座山头有好茶？好茶的标准又是什么呢？

　　宋徽宗在《大观茶论》中说："凡芽如雀舌谷粒者为斗品，一枪一旗为拣芽，一枪二旗为次之，余斯为下茶。"明确告诉人们，如雀舌般刚刚萌生的茶叶最佳，一芽一叶次之，一芽两叶更次。当然，宋徽宗是针对江南的小叶种茶而言的。但茶是相通的，只有鲜嫩的好原料，才能制出好茶来。

　　尽管不同的人对同一座山、同一款茶会有不同的看法，但好茶具有的三个标准却是有共识的。

　　首先必须原料好，最好的原料当属古树茶；其次是采摘时间，好茶的采摘节点在清明前，古树茶因为发芽晚于小树茶，可在清明后不久采摘；最后是好的制作工艺，可以优化茶叶的品质，有利于后来发酵出好的陈茶。

春茶

一款茶，如果具备这些条件，便可以长期储藏，让其在自然环境中充分发酵，蜕变出甘醇的滋味，让茶的原本品质与人的等待完美融合，从而提升其口感和价值。

可见，若要寻找好茶，原料最关键，而形美、味美的茶源就在春天众多的临沧原生态茶山中。临沧古树茶远离尘嚣，采天上之阳，补湿地之阴，吸雨水精华，与雾岚为伴，染草木芬芳，长灵性之野，其天然性、唯一性是其他茶区无以比拟的。

大山孕育了临沧高贵的茶质，大山保持了临沧霸气的茶性。在春天，你走进临沧任何一片茶山，只需摘一枚茶叶含入口中，便顿感草木芬芳，心清气爽，如沐春风。其实，选茶就是选一片大自然，就是选一种对原生态的向往。

临沧的每一座茶山都藏有一种风味，每一味都十分精彩，每一味都香甜诱人。到底选择双江勐库茶、永德镇康茶、临翔邦东茶，或是云县凤庆茶，由各位茶人的喜爱决定。

清明茶滋味最佳

　　寻茶的山头确定之后，就是赶在春天采摘了。在云南，古茶树发芽较晚，只要是 4 月底之前采下的茶叶都可称为春茶。立秋以后采下的就属于秋茶了。相比台地茶，古树茶发芽稍慢，所以大多在清明后采摘。

　　茶树经过一整个冬天的蛰伏，待到春天气温回升，草长莺飞、春风和煦，温暖的气候有利于茶多酚等芳香物质的形成。在一系列有利条件的作用下，春茶呈现出滋味厚实、香气高扬、甘甜鲜爽的特点。

　　如你在春天赶赴临沧，可以见到一棵棵茶树枝头，茶芽苏醒过来，宛如豆蔻年华、情窦初开的少女，将所有冬天积累的能量和全部精华奉出，鲜嫩鹅黄的形状惹人喜爱。因此，清明节前后的茶品质最好，滋味最佳，是春茶中的上等。

　　临近立夏，由于气温升高，芽叶生长加快，若再遇到绵绵春雨，稀释了茶叶中的营养成分，香气降低，口感稍苦。这时采摘下的茶叶仿佛有成熟风韵的中年女子，虽香气微褪，并兼有微苦的滋味，但醇和的底蕴仍然深厚，令人回味。夏天温度高、雨水多，采摘的茶为最次，味淡，苦涩味比秋茶较重。

　　所以，春茶可谓是集"天时地利"而得"人和"，集大自然万千宠爱于一身，韵味动人，自古深受茶人推崇。今天，我们仍能从唐诗宋词中读到古代文人雅士对春茶，尤其是明前茶的喜爱。如"数盏绿醅桑落酒，一瓯香沫火前茶""休对故人思故国，且将新火试新茶"，这里的"火前茶""新茶"说的就是明前茶。清朝乾隆皇帝写过《观采茶作歌》

作者在茶山

也说"火前嫩，火后老，惟有骑火品最好"。

"火前"指的是清明节前"禁火三日"的寒食节。火前茶也就是现代人称谓的明前春茶。

在古代的贡茶里，还曾经出现过"社前茶"这一说法。古人把立春后的第五个戊日定为祭祀土神的社日，"社前"大约在春分时节，比清明早半月左右。这时，只有春天到达较早的南方，春茶才会萌芽。所以，"社前茶"稀少、鲜嫩，一般只作为贡茶，敬献皇宫。

事实上，"社前茶"许多时候属于春茶的范畴。清明茶作为初春的第一缕新绿，茶树把最好的品质奉献给了人类。当然，茶叶的优劣、品质的高低并非全都取决于采摘时节，只不过清明节前后采摘的茶香味、甜度比夏茶、秋茶更优秀罢了。

最佳寻茶地

在春光灿烂的晴天采摘下的茶叶，最容易制作出色香味俱佳的好茶。而阴雨天气采的茶叶，制作出来的茶滋味较寡淡。因此，茶人喜欢在清明前后的朗朗春日，奔赴茶山去寻茶、观茶、采茶。譬如，在春天的临沧，我喜欢去的地方是昔归忙麓山，那一片诗意的栖居地。

清明前的忙麓山，一棵棵古茶树在春雨雾岚的滋润下，化作万千绿意，等待着与茶人邂逅，在澜沧江西岸向阳山坡，谱写出春天最美的绿色乐章。

临茶风起，豪气满腔。当茶人、茶事与茶树、茶叶在忙麓山相遇相融，你会愉悦地感到古树茶的灵性和豪气，深刻感受到临沧原生茶的高贵以及昔归茶的魅力。

"云南的好茶在临沧，临沧的好茶来自冰岛和昔归。"这是茶人近年来发出的真实心声。

在忙麓山与采茶人话茶，是最惬意的事。我曾经在山中与一位采茶的傣族中年妇女邂逅。她挎着竹背箩爬上一棵古茶树，灵巧的双手在茶叶尖上来回飞舞，一捏一提，片片嫩芽"飞"进背箩中。

她在树上边采茶边与我大声交谈，说家有一片古茶树出租给了广东的一个茶商，每年收租金十多万元。她又被茶商返聘回来采摘自家的春茶。每天采茶收入二三百元，谈到每年的租金收入，她略显沧桑的脸上洋溢着灿烂春光。

惊蛰时茶芽脱壳

　　我凝望着她在古茶树上轻如燕子般的身影，柔软的手指在茶枝间舞蹈，分离着露水中新鲜翠绿的茶叶。抬头莞尔一笑，阳光洒在她黑里透红的脸庞上，喜悦的笑脸比初升的朝阳还有魅力。

　　到忙麓山，除了一睹昔归茶之形状美以外，还可欣赏一湾澜沧江流水的壮美，回忆嘎里古渡喧嚣的前世，想象忙麓山脚下蜿蜒的茶马古道上的马帮铃声……

　　忙麓山寻茶之后，可以择机前往双江勐库茶区，来一场拥抱大自然，相遇野生古茶树群落之旅，深切体验古茶树群落的原生态之美。

春天寻茶

走进勐库茶山，就像进入古树茶的故乡。那些关于古树茶的种种神秘故事，那些在古茶树上展翅欲飞的茶叶，仿佛正穿越远古时空而来，占据你的思绪，等你去相遇。

到勐库茶山与茶叶约会，一定要起得早，因为清晨云雾缭绕，茶林如同仙境。如遇忽至的春雨，可以在茶农家里吃上一顿农家菜，悠然地听雨品茶。待春雨过后，再到茶林中采摘下茶叶，回到茶农家学习如何制茶、压茶。这是多么美妙的茶文化体验啊！

勐库茶山为我们奉献出众多佳茗好茶。因此，也吸引了众多投资客怀着暴富的心理来到勐库炒作茶叶，追求高额回报。而我来到勐库，则是为了寻找冰岛之外众多被遗忘在大山深处的无名好茶，为了寻找内心深处对大地、自然、茶树的一种敬畏和感恩。

其实，在春天的临沧，最佳的寻茶兼探险之地要数永德大雪山和白莺山。那些千百年的古茶树大多生长在大山深处的原始森林和危险的沟壑陡坡，如果能攀爬抵达，亲眼看看，亲手触摸，就已经是一场收获满满的茶之旅了。

寻找云南最多的野生茶树，必去永德。我抵达永德大雪山时，正值马缨花盛开，一树流火，万山碧翠的时节，绿的植物，红的马缨花铺满座座青山，红、绿二色争奇斗艳，呈现出大自然的色彩之美。

到永德大雪山，可选择从乌木龙乡扎莫村那条山路而上，虽然崎岖难行，但一路风景秀美，仿佛可触摸到蓝天、森林，可与鲜花、茶叶、雪山听风私语。

数百年前，永德大雪山脚下的俐侎人便将大雪山滚落下来的茶籽萌生出的茶苗，移栽到寨子周围、山坡平地。走进任何一个俐侎村寨，浓浓的茶香便会扑面而来。原来是家家户户晾晒的茶叶散发出的茶香，弥漫在寨子四周和上空。

永德大雪山为国家级自然保护区，原始壮美，可让你阅尽野花美景，艳遇各种佳茗好茶。在永德寻茶，你随时可能在某一座山相遇茶祖中华木兰进化演变出来的高大野生古茶树，随时可能"艳遇"到一款难寻的好茶，使你无法拒绝古树茶的诱惑。

永德大雪山与白莺山一样，有着野生茶—半野生茶—栽培型完整的茶树演化链，只不过永德大雪山没有白莺山那样典型罢了。我们不得不承认，只有永德大雪山和云县白莺山，才是将茶树的进化历史记录得如此完整的宝地。

永德大雪山中，无论野生古树茶或栽培古树茶，都携带着一股山野气息，只要与沸水相遇，瞬间便散发出野花清香，茶汤金黄通透，饮入口中，香之气、甜之柔瞬间注入你的身体。

从大雪山返回永德县城时，你一定要去一趟永德县紫玉茶厂，品尝采自大雪山的各种野生茶、半野生茶、变异藤子茶、紫芽茶等一系列原生态普洱茶，聆听永德县紫玉茶业的朱永昌先生解密大雪山中隐藏的各种神秘故事。

朱永昌先生一生热衷于研究保护永德古树茶，热衷于茶文化的推广普及。他踏遍了永德茶山的每一寸土地，双手亲抚过山中每一株古茶树。他研究茶、品味茶和推介茶，一生以茶为伴，在茶香里感受人生的乐趣。他把永德古树茶细分为十二山头，其精心制作出的各种普洱茶，以纯正、生态、厚重与香甜的滋味得到茶界高度赞誉，现已被北京老舍茶馆列为主要供货源，供高端茶客品尝消费。

与朱先生品茗喝茶，是一种美妙的体验。他用永德县城后山甘洁的泉水沏出的茶汤，令人十分迷恋。看着他用沸水翻动古树茶的柔情茶艺，似乎便有一种温柔浓烈的暗香弥漫空间，一种亲切温暖抚慰着心灵。

奔赴临沧茶山，追求的并非全是寻茶，还有与大自然相约相遇，探索古茶树生长的神奇过程，追求一种返璞归真的生活体验。

在春天，你必须去一趟云县白莺山，看看遗落在深山的"茶树演化自然博物馆"。在白莺山上，将野生茶、半野生茶、栽培型茶分类采下，分别压成茶饼，便如同储藏了白莺山所有茶类自然的芬芳滋味。这也是吸引众多茶人前来白莺山朝拜的原因。这些不同种类的茶饼，蕴藏的是那一份份不同时空、不同地理滋养出来的大自然味道。

在白莺山顶，你能仰观天空云卷云舒，遥望无量山的樱花浪漫，俯瞰脚下澜沧江百里长湖。那是一道丰盈弯曲的水之美啊，水景如画，湖面如镜。蓝天、白云、青山、树木倒映水中，画中有景，景中有画，无不让人如痴如醉。再加上远方无量山下樱花簇拥着千房万舍、十里茶香，真是一幅滇西南秘境的画卷！

从白莺山远看澜沧江百里长湖，你会对临沧大地蕴藏着巨量的水能深感敬畏和震撼。白天，水中的云朵缓缓游动；夜晚，月亮从水中升起，月光如水，水如月光。

百里长湖属于澜沧江水的美丽，一种壮丽雄伟的美、宁静清亮的美、大气磅礴的美。

置身于白莺山，心灵会恬淡静谧，会被春天接纳、珍藏。你不仅能收获到茶树进化演变的知识，还能体验到茶山云雾缭绕、茶香醉心、茶歌入梦的美妙意境。

寻茶是一场美丽约会

茶绿亿万枝，你爱哪一芽？于普洱茶而言，一方水土养一方好茶，不同山头的地理特性影响并决定着茶质的优劣。

普洱茶界有一个普遍赞同的观点：茶必须喝古树茶，但未必都要选名山；名山肯定有好茶，但好茶未必全都在名山。

"一山一味，适口者珍。"事实上，临沧古树茶香甜、味悠、醇和、耐泡的特性是对茶人最彻底的征服。只要择一山深爱，选一片古树采摘，恋上的便会是从茶树蔓延到舌尖的美妙滋味。

寻茶是一场美丽约会。茶也和人一样有灵性，你若懂它，茶定不负你。即使你现在还没机会来，它也会苦等着你！

好茶为知味的人存在。我们到临沧茶山苦苦寻茶，不也是渴望着有一天与知味的人对饮吗？

一帘春欲暮，茶烟细扬落花风。春茶珍贵，在于它生长于一年中最美好的时光里，并把它最鲜嫩的短暂"一生"奉献给了爱茶人。

春天的茶山之所以美，美的是一趟与茶艳遇之旅，美的是一趟转瞬即逝的茶之旅。

临沧那一片片等待采摘的古树春茶，不就是你寻找的至爱吗？除非，你另有目的，另有所爱！

茶席

第四章　醉茶醉情醉山水：品茗

喝茶是舌尖上的洗礼，更是心灵中的修行。

书房听雨声，静等茗香时。在古色古香的茶室中，取下藏茶。沸水入茶，茶获得的是另一种涅槃新生。端起茶盏，喝下的不是汤色，而是春天的味道；入口的不是饮料，而是心情。

茶无语，但茶能激发出喝茶人的智慧，提升喝茶人的文化，使人迷恋神往，爱不释手。

茶的精神内涵

茶的魅力在于香甜韵味。它吸引了各个阶层的人，浸润了中国传统文化，将人与自然神奇融合。

茶，无处不在。上至王侯贵胄，下至贩夫走卒，都不乏爱茶之人。文人雅士，更是对茶情有独钟。一人幽，二人趣，三人品，由触到感。随着普洱茶那一盏盏金黄的热汤缓缓进入双唇舌尖，嗅觉和味觉完美交融，自有一番温润而绵长的沉醉，让人感受到携来春天的芳草气息、植物之美和文化之韵。

枕上诗书闲处好，门前风景雨来佳。窗外，春雨绵绵，夜色正浓，雨打芭蕉，而室内茶香流动，沁入心田。久而久之，这种美妙的感觉会在大脑皮层上镌刻下来，成为挥之不去的记忆。

一套简单、美观的茶具组合成茶席，一款自己喜爱的好茶，便可启动一趟美妙的茶之旅。烫壶、观茶、温杯、冲泡……不用刻意追求动作的优美，只要全身放松，心情自然松弛舒畅。

一般来说，喝茶有三个由浅入深的阶段：解渴、品茶和怡情。

解渴为人的原始本能，而品茶首先从赏茶开始。好的普洱茶，条索完整，颜色深墨或黑白相间，或亭亭玉立，或婀娜多姿。沏茶时，赏的就是茶叶与沸水交融后汤色展现出的金黄或红色美。其次是闻香。醒茶开汤后，茶香飘扬、弥漫、绵长，会随着公道杯中的热气扑面而来，而且临沧古树茶还呈现出独有的冷杯香。再次是捕韵。茶韵主要是指茶的香甜缠绵舌尖，浸润口腔的时间感受。临沧茶在口腔内持续较长，便会给人带来愉悦之感。古树茶耐泡，在韵味方面表现尤为悠长，令味蕾迷恋难忘。

茶室一角

怡情是感受茶的美妙。静静细品好茶，你会感受到来自春天的气息，感受到"小楼一夜听春雨，深巷明朝卖杏花"的情景，激发出文学艺术的创造力。

此时，茶已经把你带入一片静境，你仿佛置身大自然中，心也变得柔软诗意，世上的一切纷纷扰扰，都在香茗中归隐。此时，你心清如水，仿佛置身春天的茶山，会不由自主地轻吟起诗句："戏作小诗君一笑，从来佳茗似佳人。""香于九畹芳兰气，圆如三秋皓月轮。"

品茶，可尝到茶的本性，品出岁月哲理。

一盏茶，如一片阳光，能温暖人生中的寒意，弥补人生的遗憾。一壶茶，足以抚慰一路风尘，洗净灵魂，品味出中国人的精神境界。

这种天人合一的生命境界似乎是中国文化的一种特色，一直主导着中国人的人生观和价值观。中国人内在的平和精神，表现的是一种陶渊明式的怡然自得、云淡风轻、心安知足。喝茶从表象到内在均是这种闲适生命状态的具体表现。唐代杜牧诗云"今日鬓丝禅榻畔，茶烟轻扬落花风"，写出了诗人喝茶时的精神感受。中国人喝茶喝出精神，把茶融入生命。这是何等豪迈的人生境界，又是何等深邃的人文情怀！

在茶香弥漫的空间里，人生的许多心结会随氤氲的茶韵悄然解开，焦灼也会随茶香消失，最终达到人茶合一，心相一体。倘若品茶后，能体会并拥有茶之醇、水之洁、心之静，那么，世间的一切皆会干净美好。

茶虽无声，但茶香仿佛会飘来天籁，与你的体感共鸣；茶有甘苦、浓淡，无不隐藏着人生哲理，浓缩着生命的真谛。悟透了茶的真谛，你便会在淡定、从容、自然的态度中修身，在淡然中转机，在拿得起与放得下中回归凡人的生活。台湾作家三毛说过："饮茶，第一道苦如生命，第二道甜似爱情，第三道淡若清风……"

　　一壶茶喝下去，世事烦恼洗尽，坎坷伤痕抚平，顿觉心宽胸广。人变得散淡恬静，与世无争，轻声细语，终将认识到人生不过是品茶一场，先苦后甜，先浓后淡，沉浮一瞬。

　　品茶，同时也是品味一座茶山的野性、一条江水的风情，品味阳光温暖、雨雾缠绵、花草清香，品味一段挥之不去的对大自然、对人间的眷恋。

　　当你喝茶时，茶涤了旅尘，醒了昏寐，去了烦恼，人生中的滚滚红尘，职场上的"逆水行舟"，都将在一次精神的漫游中宁静、悟慧，让你清晨接纳朝霞之灿烂，下午悟透岁月之哲理，夜晚欣赏明月之清美。

初品不知茶中意，再品已是茶中人。人生如茶，头道茶汤可能会有短暂的淡淡苦涩，二三泡后会有不尽的甘甜芬芳。然而，不管茶有怎样的滋味，最终必然会归于平淡。有茶相伴，乃是人生一大幸事。

"花香蝶自来，茶香人自品。"一杯茶，可洗一路风尘，抚一生伤痛，可宁静心灵，美了岁月。难怪心情忧郁的时候，一旦端起茶杯，便会高兴起来："正好，我有茶。"

品茶，可复活春天，品出昨天的故事。

茶为解渴而饮称"喝茶"，注重茶的色香味慢饮为"品茗"，讲究冲泡技巧谓之"茶艺"。在品茶中感悟人生哲学，即是茶的最高境界——"茶道"。

而在我看来，茶，最令人感动的就是其滋味所散发出来的春天记忆。

往事如水滚滚东逝，多少英雄人物曾经叱咤疆场，多少爱情你侬我侬、轰轰烈烈，最终归于平淡，甚至相忘于江湖。喝茶时，能打开人生联想，对这些往事深情善待。

其实，品茶就是品一种淡定的人生回味。人海茫茫，无论风雪夜归还是羁旅天涯，总有一盏茶不离不弃，在茶席等你。日子一旦落在茶里，无论绽放、凋落或者地老天荒，又何尝不是人生的自然规律：仰首春秋，俯首流年，隐入尘烟，曲终人散！

这些人生故事无论悲或喜，喝茶人此时的心境均能如月下的大地，广阔清明。

一壶好的普洱茶，可品到春江花月夜，秋高圆月悬；可品到曲终客人散，花落梦依然。

品茶，可激发才情，品出文学艺术。

品茶是一场文化的相遇，一次诗意的邂逅。在古朴的茶厅，一壶酽茶，两三杯盏，四五个知己，便可天南地北、上下五千年地神侃。茶洗去历史的苍凉和生活的疲惫，人浸在茶韵中，高谈阔论，思维敏捷，咳珠唾玉，美妙绝伦。

茶储存了丰富多彩的韵味，只要与文人雅士相遇，文艺气息就会从茶香中溢出，升腾为作家灵感的翅膀，促其写下鸿篇巨制。茶韵把生活揉成唐诗的音律、宋词的平仄，让书画家舒展笔墨。爱喝茶的人，内心一定是志行高洁、向往文化的人，他的梦亦追茶寻香。

中国是诗的国度，也是茶的故乡。在数千年的中国文学史中，文人与茶叶之间有着诉说不尽的种种情缘。陆羽、苏轼、范仲淹、白居易、郑板桥曾一边喝茶，一边写下大量关于茶的诗文。

北宋的文坛领袖苏轼喝茶时写下著名的《汲江煎茶》："活水还须活火烹，自临钓石取深清。大瓢贮月归春瓮，小杓分江入夜瓶。雪乳已翻煎处脚，松风忽作泻时声。枯肠未易禁三碗，坐听荒城长短更。"描写出他在深夜喝茶时，取来江水沏茶，仿佛将春江之水、明月之光、松涛之声也一并停留在舌尖，一并喝进口中。

北宋著名的文学家、政治家范仲淹在品完茶后，也写过著名的茶诗《萧洒桐庐郡十绝·其六》："萧洒桐庐郡，春山半是茶。新雷还好事，惊起雨前芽。"诗中有画，画中有声，简直就是一幅令人神往的江南春雨茶山图。

南宋杰出诗人杨万里，在痛饮好茶之后，彻夜不眠，写下一首《不睡四首·其一》："夜永无眠非为茶，无风灯影自横斜。拥褐仰面书帷薄，数尽承尘一簟花。"诗人把自己在深夜里嗜茶如命的情形表现得淋漓尽致。

这是对茶多么细腻、生动的文学描写啊！字句之间，无不令人慨叹小小的茶盏里，隐藏着如此美妙的诗情画意和丰富的文化内涵。

"扬州八怪"之一的郑板桥，也喜欢茶。当代著名作

家老舍更是要以茶为伴，才会文思如泉。他的作品《茶馆》就是以茶之名，描写近代中国社会变迁的名作。

宋朝堪称中国茶文化美学的巅峰时期。宋朝皇帝喜欢茶，宋徽宗不仅是宋朝伟大的书画家，还是一个资深茶人。他创造性地将茶与文化艺术融合，写出茶书《大观茶论》。这本茶书详细记述了北宋时期茶的产地、制作、品质、斗茶风尚等，文字优美，见解精辟。

乾隆皇帝也一生爱茶，写过上百首茶诗。传说乾隆84岁的时候，有了禅位的想法。然而，却有大臣以上联"国不可一日无君"劝说，当时，乾隆哈哈大笑对出下联："君不可一日无茶"，便堵住了大臣们的口舌。

古人说："焚香读画，煮茗敲诗。"喝一壶茶，如喝下满腹文章；品一盏茶，如品读唐诗宋词。

茶色

品茗，可回归自然，品出茶之美。

喝茶的最高境界是品茶之美。茶之美，表象美在茶的色泽，内在美可使人有一份回归大自然的浪漫怡然心灵，在有限的生命里创造无限美的可能。

美学追求的最高境界是自然美。茶来自大自然，茶之美恰恰蕴藏着自然美，具有独特的山水美、植物美的韵味。

西汉扬雄说"百华投春，隆隐芬芳，蔓茗荧郁，翠紫青黄"，写尽茶色香味背后隐藏着自然美的万千感受。我们在品尝临沧昔归茶时，深感其澜沧江的野性刚烈之美、植物散发的高香之美：茶气霸、胭脂香、韵味远、甘味长，其高香汤色宛如绝代佳人，令人痴迷。在品冰岛时，则体验到人在大自然中的甘甜柔和之美。冰岛茶有幽兰之香、蜜糖之甜，回甘快，生津速，任你十泡八泡仍滋味无穷。

而临沧的凤牌"中国红"，却展现出红茶的柔性之美。汤色似红酒，香韵隔座飘，其诱惑令人无法抗拒。虽夜已阑珊，但心仍迷恋其余香，脚步久久不愿走出与那一盏红茶相遇的滇红茶室。我生命中的很长时光陶醉在茶之美中不能自拔。

头顶草，脚踩木，人在草木间组成"茶"字，想祖先造字时已为我们后人营造了一幅大自然宁静和谐的精神愿景。每每看到"茶"字，脑海中便会想起树叶之美，呈现出茶的韵、叶的绿、蕾的味，人生的一切也会从容美丽起来。

品茶，可修身养性，品出人生情怀。

酒为诗歌，茶是哲学。茶作为一种安静的文化，通悟生慧，在当下人心浮躁的年代，先浓后淡的滋味可以教会人淡泊物质，在嘈杂的世界安自己的心。但茶的宁静并不代表茶没有力量，"静流必深""于无声处听惊雷""壶里乾坤大，杯中日月长"，说的便是这个道理。

人与茶同在大自然中生长，人们从茶的色香韵味中感受生命曾经美丽的风景时，逐利的心态、浮躁的思想终会在一杯茶中沉寂。譬如职务金钱是许多人追逐的目标，但过于执着，极容易产生心态失衡，而喝茶可以使人清新、安详、通悟和沉思，可以慢慢摆脱贪欲这一人生最大的恶魔。

又如爱情，只有在品茶时才能体验其中的道理。当爱情的甘甜随岁月淡化，如果爱情不能转化为亲情，那么，两个人的恋情极有可能面临危机。其实，爱情没有诗人描写的那般浪漫，婚姻在漫长时光中更像一杯茶，先浓后淡，淡然相守，这才是爱情的自然归宿。如果没有爱，不如选择友谊，它极像久泡的茶，味虽淡，但可持久至令人难以释怀。

茶是质朴奉献，是一春之闪现，一朝鲜活便走向枯萎，在沸水中献出香韵是茶的必然宿命，茶所蕴含的这种哲学思想，将给人类在有限的生命中打开百道障门以深刻的启迪。

茶的出现，可使人在不完美的人生中感知到完美，使中国的儒家哲学思想对因果、精神、时空、情怀等有了更深层的认识和启迪。

有人说，茶是一片聪明的树叶，有一定道理。喝茶，能卸下心灵负重，提升精神修养，增加文化知识，明理懂事。一个人在茶里有品位，自然对生活有品位，对未来有远见。

茶，使良人起善心，这就是历代禅宗寺院僧人爱茶的主要原因；茶，使庙堂的官员有良知，体贴底层百姓的难处；茶，使凡人修身养性，懂得大自然花开花落；茶，使哲人心胸开阔，思想能融到更高远的地方。

何不吃茶去

酒逢知己，千杯不醉；茶逢知己，乐以忘忧。

茶，丰盈了生命，增进了友情，没有茶的人生是寂寞的。如用好茶来招待不懂茶的人，如同用甘泉去浇灌垂死的花朵，亦像战国时的公明仪对着牛弹奏优美的乐曲，也是无趣的。女为悦己者容，茶和有缘人喝。一起喝茶的人，如能懂茶又通心，便会充满欢悦，融为知音。

茶虽无声，但茶为媒，把涌动在心里想说又说不出的话用茶语微妙地表达出来，让漂泊的心灵有所依托。大凡性情中人，只要聚在一起喝茶，便可在饮茶中碰撞思想，在品茶时交流感情。那是茶在岁月中积攒出的醇香传递给人的无声语言啊！

日本著名作家村上春树曾经说过，"所有的相遇，都是久别后的重逢"。与一盏好茶相遇，是缘分，如同一场美丽的邂逅、一次浪漫的旅程，如同听一堂哲学课、读懂一首诗，抑或听一曲音乐，让人受益匪浅。

茶是浮躁时代的精神解药。茶隐藏着高雅、婉约、朴实、留香的天然气质，如天籁，能让你在不完美的人生中感受到美好。

茶虽宁静，却是一面照出人间百态的镜子，一把打开心灵锈锁的钥匙。不要为失去一片落在壶中的茶叶惋惜和忧伤，因为它会在沸水中散发出清香，奉献出甘美。

其实，从另一层面来看，茶叶与沸水激情碰撞，是它生命的价值所在，它能涤荡茶人的灵魂、升华茶人的情操，最终在香消味淡中洒脱离去。茶的奉献精神，是何等地让人崇敬："洁来洁去，隐入尘烟。"

潇潇微雨醉，茶里度流年。当你孤独时，拿出一饼好茶，用茶针把紧紧抱在一起的茶叶一层一层轻轻拨开，为自己泡上一壶。当那一杯热茶与唇舌相遇，茶香入口时，请相信，你并不是孤寂的，你还有茶相守，还有你钟爱的茶韵相伴。想这沉沉浮浮的一生，恍然就是一杯茶的工夫，也许，那些一起喝茶的人，转眼就各自飘落在天涯。还好，手里这杯热茶，一直还在。它就是你生命中的知己，一直陪你细水长流，把世间风景都看透。

既然如此，何不优雅地去与茶约会，来一场心与茗的交流，感知茶的美好、茶的温暖，在生命的脉动轮回中，把你那一滴最苦痛的泪水，化为口中最甘甜的茶汤。

茶为友情相聚而生，为天人合一而存。即使是一片叶子，也要在天地间寻找知味的人，在茶席间赴生命里最值得的一场约会……

以茶为媒，能在民间烟火气中寻到诗意，在平凡生活里找到人生。我在临沧工作期间，业余时间基本用于习茶、喝茶。喝茶，不仅品出了文化，有时还与客户喝出了友情，使企业经营得到了效益。

我在单位的大堂角落布置了一个茶室，业余时间坐下来品品茶、静静心。所谓"茶香墨香香临沧，茗品人品品农行"，时时警示自己的人品要如茶品清香、甘甜、持久。时间一长，处于大堂角落的小小茶室渐渐在当地有了名声。各行各业喜欢喝茶的人每到银行办理业务或休闲时，都要来茶室小坐。

　　这里不仅仅是书香茶浓的地方，也成为银行连接外界的窗口。每每与茶友谈兴正浓，顺便把话题转到金融产品的营销推广上。几年下来，仅在茶室便拓展了不少基本账户、白金卡、网上银行、基金……也在茶室谈妥了一笔笔存贷款业务和中间业务。在临沧，品茶不但品好身体，品出文化，而且品出了企业良好的经济效益。

　　因为一杯茶，金融产品的供需双方才会在短暂时间畅通融合。多年以后，我悟到，人与人有缘相会、相知，常常是一壶茶在中间搭桥，做着媒介啊！

　　有茶陪伴的日子，人生便会有清欢、有净土、有阳光、有圆月、有山水、有诗书、有善意，还有你、有我、有他，有众生万物。

第五章　一种无声的陪伴：老茶

是时间，把茶变老，发出醇香的魅力。

是老茶，陪伴茶人，慢慢行走人生路。

和茶一起慢慢变老

对爱茶人来说，茶是一种无声的伴侣。我听过一位茶人赞美老茶时说："我能想到最浪漫的事，就是和普洱茶一起慢慢变老。"茶和人，虽然"变老"，却韵味如诗。

我读过一位诗人抒写老茶的一首诗，把经过时光淬炼、岁月沉淀的老茶写得令人回味：

珍藏青春的你
是炫耀你沧桑的日月和流年
品味醇香的你
是遗忘你青春的阳光和奔放

老茶能让人产生口感和体感双重的愉悦。期待遇见老茶，是茶人的最高理想。如果说新茶尚存有一丝春天的"青嫩"气味，那么，老茶便是光阴滑过的味道，秋天成熟的岁月之美。

普洱老茶是藏出来的，岁月赋予了它第二次生命。时光使藏茶内部的微生物不停地生长，形成了普洱茶醇厚的味道，转化出惊艳的风韵，才有了茶人对老茶的渴望追求。

茶，在时光中慢慢地打磨自己、丰富自己。看似是在沉睡，实则在蜕变；看似是在等待，但无时无刻不在为重出江湖修炼。经过十年以上时光的淬炼，茶叶的青葱面容一层层褪去，生涩逐渐向滑润和醇香转变，上升为一种成熟古典的美，就像人的一生，从懵懂少年到激情四射，然后慢慢到风轻云淡、气定神闲。

为什么要存茶？答案肯定是得到老茶。存茶的过程，是时间与茶相遇相融的过程，是见证新茶慢慢从寒性清香到平和陈香的过程，是不断使茶质得到提升的过程。

存茶，存下的不仅仅是新茶，更是岁月的厚重。存茶最大的魅力是可以时常看看茶的物理变化，向好的方向发展，感受它在发酵过程中带来的第二次春天。

"越陈越香"是普洱茶的最大特色，已成为不争的事实。优质的老茶，苦涩被时光浸润得烟消云散，只留下最素朴的药香、梅香、木香、枣香、蜜香以及绵长醇厚的回甘。这，便是茶叶被时光反复打磨，不断转化后留下的陈香。

普洱茶经过自然发酵，会转变成另外一种成熟美的风华。通常能从颜色上判断其存放的年份。10 年以上的老茶，汤色犹如红酒，诱惑着茶人；20 年以上的老茶，汤色宝石般鲜艳，散发出高贵的气质。

汤香，是老茶最迷人的所在。它不张扬，却有着悠悠暗香，独特的韵味让人难忘。如果说飘香是浮在空气中的白云，那么陈香则像厚重的大地。这种陈香不是虚无缥缈的香，而是深藏于汤里最深邃的茶韵香。

普洱茶的存放转化一般为五年一个台阶，至三四个台阶方能成珍品。识别老茶最直接的方法就是冲泡后趁着高热及时品饮。老茶有超强的吸热性，纵使即泡即品，也不会感到茶汤太烫嘴。

老生茶

　　同一款普洱生茶，在不同的年份，因为融入了时光因素，滋味、香气也是不同的。存储年份越长，清香会转变为陈香，而且同一饼茶，在不同时段、不同天气冲泡，味道和汤香都会有变化，但陈香久久不散。

　　理论上，普洱茶存储时间越长，茶汤越细腻温和，汤香更浓厚，更具有解油脂、助消化、顺气息的养生功效。这，便是老茶的商品价值所在。

　　当珍藏多年的老茶被沸水唤醒时，茶绝不会辜负你。因为，它是你执着长相守的倾情回报。

　　品老茶，就像品味人生，功名利禄、荣辱炎凉，终将在一杯茶中烟消云散。唯有舌尖浓厚的汤感和芬芳陈香，令五脏舒畅，大脑清醒。

｜怎样得到老茶

古人说，藏茶生金，因为经过岁月的洗礼，茶质会变得更好。品质好的老茶会散发出淡淡的糯米香和梅香，沏成茶汤，口感一定是黏、醇、滑、甜，入口顺滑，甘味绵长。

那么，在品鉴时，如何识别一款品质优秀的老茶？

首先，看颜色。在自然光下，汤色在玻璃杯中呈现红宝石般颜色者为上品，其次为红酒色。否则，为普通或劣质陈茶。

其次，感味蕾。存储十年以上的老茶，冲泡时，嗅觉会感到弥漫着深沉的梅香。茶汤入口，有"舌底鸣泉"般的生津效果，且有"蜜甜醇香"的滋味。

最后，观叶底。古树老茶，沸水冲泡后，茶梗空心，且可抽丝，叶片会变得半透明，能清晰看到隆起的叶脉，叶片纤维组织清晰如秋蝉的翅膀。叶片坚韧，在手中反复揉搓后，可以复原茶叶的原貌。这也是识别老茶原料是否为古树茶叶制作的关键特征之一。

老茶吸聚了光阴的味道。其魅力不仅来自这种被时光酿出的变化无穷的滋味，更源于其古茶树的血统出身，也来自正确的储藏方式。

茶叶最容易吸收湿气和异味，存茶应避免阳光直射。得到好茶之后，需要妥善储藏，精心呵护，最大限度地留住其迷人的香气，才能品尝到它最本真的醇厚滋味。

存茶的方法五花八门，各有心得。不过，有一点已成为共识：茶罐是藏茶的最佳选择。一般来说，只要密封性能好，具备防潮、防光、防异味、防氧化的锡罐、陶罐或瓷罐，都可以藏茶。

老熟茶

熟茶汤色

锡罐幽韵，在琳琅满目的茶罐中，藏茶效果最好。锡罐无毒无味，密封性能好，具有防光、防潮、防异味和留香的功能，用来贮藏好的散茶或者红茶是再完美不过了。

从明代起，锡罐成为中国古代文人雅士的玩物，藏茶的首选。

锡罐给茶叶安放了一个密闭的家，留住茶的色香味。多年以后，打开锡罐，迎接你的不仅仅是茶转化后惊艳的颜色，更多的是耐人寻味、原汁原味的香。至今，锡罐仍是用来储藏名茶和珍稀红茶最理想的储藏器。

如果储藏普洱生饼，很多茶人建议选择陶罐。陶罐具有毛细孔洞，可以透气，柔化茶叶，在储藏的同时也给茶饼提供一个稳定干爽的环境，让其在空气中慢慢发酵，直至达到最理想的效果。

如是紫砂罐更好，可阻隔异味，促进茶叶品质在时空中提升。

若储藏红茶，亦有人建议用瓷罐。尤其青花瓷罐，既清雅，又适用，密闭的形体将茶叶的香韵包裹其中，可长期保留下茶本味。

藏茶，讲究一茶一罐，不同的茶不能同时储存在一起。因为每种茶有自己独特的香气和滋味，串味之后就会失去其原汁原味的特征。

刚压制的茶饼应该及时装进茶罐，而且尽量塞满，减少罐内空气流动，利于保持茶叶的原本风味，静等岁月赋予普洱茶的醇美。

我认为，普洱茶若用建水生产的紫陶缸储藏，是一种很好的搭配。建水紫陶缸孔径细微，便于普洱茶慢慢发酵，且价格不贵，不但能降低藏茶成本，而且储藏效果也极好。

存茶尽量顺其自然，只需要让普洱生茶留得下香韵，能与时光一起慢慢变老变醇，便是安放普洱生茶最好的"仓"。

受人追捧的老茶，原本是存出来的。老茶一经开汤，红似琥珀、浓艳剔透，陈韵芳香，甜暖静活，馨润可喜。经过时光沉淀，非但没有使茶味有朽败之感，反觉更稳厚丰富。饮后如久旱遇春雨，润物无声，是精神上的快乐享受。

人们总感叹时光过得太快，而存茶的人却会觉得时间过得太慢，有点"盼茶老，怨日长"的感觉，这是一种特别有趣的现象。

不是所有的普洱茶都值得存放，更不是所有的老茶都会越陈越香。要得到好的老茶，一定要用好的原料配上好的制作工艺，原料最好是自己喜欢的古树茶。当然，要根据自己的经济条件，藏茶有度，力戒盲目收藏。如果收藏劣质的台地茶，无异于饮鸩止渴，徒劳无功，落得黄粱一梦，成为茶人笑谈。

存茶是期待细水长流的陪伴。小藏怡情，以茶养茶；大藏伤心，一旦原料不好、储藏不当、市场低迷，会落得茶贱亏本。

老茶的魅力

余秋雨先生对存茶环境曾经有过形象的描述："空间幽深、曲巷繁密、风味精微。"普洱茶发酵，要经过漫长的时间，才能让茶叶获得第二次新生，散发出老茶成熟的风味。

品饮老茶，仿佛是在品读岁月的记忆，品读芳华过后的成熟。茶饼由新鲜到苍老，由青葱到陈香，会转化出与新茶不一样的醇、甘、柔、厚、香、滑等特别滋味，成为可以喝的古董，可以品的文化，可以藏的文玩。

老茶是昔日春天的传说，是诗意的召唤，柔软着飘香的茶席。对喜欢宁静的人来说，有老茶相伴，怎能不令人愉悦？泡一盏老茶，与岁月共饮。或许，老茶的醇香中本身就含有春风、雾岚、诗意、文化，诉说着岁月的沉浮；或许，茶汤里有供人凭吊的故事，追寻回红尘遗梦；或许，舌尖上那惊艳的感觉，好似艳遇佳人，回眸一笑百媚生。

在适合的环境、温度、时间的作用下，老茶还会不时展现出开花的惊喜。一些体积大的紧压茶，如茶饼、茶砖、千两茶偶尔会出现神奇的"金花"，茶的口感也会变得越来越甘甜、香醇。

"金花"是指普洱茶存放期间生长出的有益菌类，生物学家称为"冠突散囊菌"。"金花"能分泌淀粉和氧化酶，可催化茶叶中的蛋白质、淀粉转化为单糖，催化多酚类化合物氧化转换成对人体有益的物质，使茶汤口感更柔滑。

昔归老茶

　　不是所有的藏茶都会有"金花"出现，它的出现可遇不可求。只有用古树茶原料制作的普洱茶饼，在合适的环境、温度、年代的共同加持下，才有可能闪现"金花"。大凡存茶的人，都会对生"金花"的老茶推崇备至，也非常期待有"金花"出现。

　　在茶饼漫长的自然发酵中，你会体验到普洱茶的风云变幻之美、自然生态之美、优雅成熟之美。在不断看茶是否生"金花"、问茶何时起"金花"的过程中，你会产生一种等待的乐趣，期待藏茶生出"金花"的美。

不妨问问茶

　　有人说：存茶是时间的艺术。你一旦存茶，茶便成为一种无声的陪伴，一件好玩的文化雅事，现在是，将来肯定也是。

　　静谧的茶饼在存储中将更加静谧，新茶的滋味在存储中将转化为醇厚的风味，随流逝的时光沉淀为你最喜欢的老茶。

　　扬手是春，落手是秋，存入时是新茶，取出时成老茶。在这一扬一落、一藏一取之间，茶已经味浓醇香，口感黏稠，渐成佳品，变成可以喝的古董。这，便是岁月积淀的精华，收藏老茶的魅力之所在。诚然，老茶要具有黏稠度，在新茶时就必须具备优秀的品质，那便是舌尖上的丰富度与冲击力。

　　红尘滚滚，行人匆匆，沧桑巨变，老茶带走了岁月，留下的是可以喝的古董和文化。其实，人生如茶，是一趟由幼稚到成熟、由肤浅到深刻的旅行。

　　当你人到中年，看遍万水千山，拥有淡泊胸怀之时，不妨取出老茶，把盏言欢，借舌尖上停留的芬芳，多问问茶，请它告知岁月的芳华以及人与自然的哲理……

　　你来自山野，为何偏爱雅室

　　你一杯浅汤，为何能浮起哲学

　　你朴素叶子，为何比酒醉比水长

老茶汤色

为什么你有野性不去坐拥江山

为什么无你的日子长一寸春愁

为什么带上你如把故乡带身边

为什么你视小人如尘英雄如茗

世上哪有一枚叶子比你能预报春天

世上哪有一杯水比你氤氲时甜入魂

世上哪有一种色胜过你隐藏的黄金

即便到味淡、韵走、水尽时
你叶子的韧性仍像一位高人
短暂生死间，人生一沉浮
人类呵，怎不弃恨留香

弃恨留香，不仅仅珍藏好茶
还要珍惜茶壶茶杯，更要爱
它们的源头——一方泥土

第六章   茶叶贸易的推手：金融

　　金融是指货币资金的流通，是所有关于钱以及与钱有关联的业务。金融作为聚集货币能量的王者，不仅用货币数量改变着经济的走向和速度，还是影响历史进程的重要力量，这绝非危言耸听！

　　这便不难理解，小小茶叶的兴衰，怎能抵挡货币推手！茶叶贸易风云变幻的背后，怎会没有金融的身影！金融可以改变世界，更何况茶叶乎？

金融影响历史进程

如果将世界上发生的大事与货币金融的历史联系起来，那么，自银行、贷款、股票、债券、期货等金融机构或金融产品诞生之日起，世界上发生的每一件"大事"，一定与金融力量有着紧密的关系。

茶，原本是一片树叶，当金融与茶相遇，发现其内在价值后，必然会演绎出一个个惊心动魄、悲喜交加的沉浮故事。

金融像一枚硬币，有正反两面。正面造就了商品经济繁荣，但无限扩张，往往也会走到它的反面，造成经济危机。

从个体来讲，正常的金融运作能带给我们货币和财富，但若危机来临，也将使我们的财富付之东流。从社会来讲，金融不仅左右着商品价格的涨跌，还助推着政治、经济、军事力量的强弱，能改变历史的走向。

从金融角度看历史，每一次刀光剑影和每一场炮火硝烟的过程和结局，无不有金融智慧和力量参与。1861 年，依靠发行绿背美元为战争提供后勤保障，美国总统林肯带领北方的军队击败了南方，统一了美国。1602 年，东印度公司发行了世界上第一只股票，金融资本开始介入胡椒、茶叶贸易。清朝前中期，中国的茶叶出口，掏空了英国的白银，英国为控制白银外流，向中国输入鸦片，终于在 1840 年引发了改变中国历史进程的鸦片战争。表面上，鸦片战争是茶叶战争，本质却是货币战争。世界金融寡头，如罗斯柴尔德家族借助 19 世纪欧洲战争和第一次世界大战的机遇，高息贷款给参战国，利用金融工具完成了雄厚的资本原始积累。

茶礼

　　在现代金融史上，资产泡沫诱发金融危机，导致经济深陷灾难的事件亦不少。1997 年爆发的东南亚金融危机导致东南亚各国货币大幅贬值。2008 年雷曼兄弟公司倒闭，直接引发了美国金融危机，其创伤阴影至今仍未完全消除。

　　从 20 世纪 80 年代开始，金融力量开始介入云南茶产业，推动茶叶快速发展。世界银行、中国人民银行、中国农业银行、云南省农村信用合作社纷纷对普洱、西双版纳、临沧的茶叶企业和茶农发放政府贴息贷款，支持大面积种植茶叶，助推茶叶规模化生产。今天，云南茶叶产量如此之大，位居中国之首，离不开当时金融机构的信贷助力。

　　小小茶叶，终究难逃金融手掌。2007 年普洱茶市场突然"崩盘"，2013 年普洱茶炒作之风又开始复苏，2017 年名山茶古树茶开始价格暴涨，普洱茶价格又进入亢奋时期。

　　所有茶价的波动，始终离不开金融这一只看不见的手在推进或撤退。

成败皆金融

中国古语"物极必反""乐极生悲",里面包含着永恒的哲学道理。意思是说,任何事物都必须遵循自身的内在规律,才能平稳发展。一件事或一个人,如果过头了或者疯狂到极点,就蕴藏着风险,极有可能发生悲剧。

历史不会忘记,成也金融,败也金融。2007 年,在金融资本的大撤退中,资本市场和普洱茶市场剧烈动荡跳水,引发了一场股市之痛、茶市之殇。

从 2005 年开始,波澜壮阔的中国资本市场气势如虹,一路高歌猛进。2007 年中国股市在金融力量的推动下,以逼空式的上涨不断改写着成交量,证券开户数屡创新高,上证指数一度上涨到 6124 点,成为中国股市的高光时刻。然而,仅仅一年时间,上证指数便断崖式下跌,至 2008 年 10 月,上证指数仅 1664 点,跌幅达 72%。

普洱茶原本只是商品,一旦被人赋予了金融属性,其宿命也与股市如出一辙,大起大落,必然留下无尽的唏嘘、隐痛和深思。

让我们把目光拉回到 2007 年普洱茶市场"崩盘"前的情景。直接点燃普洱茶市的导火索是 2005 年云南思茅举办的"马帮茶道·瑞贡京城"进京活动。40 余位身着云南少数民族服饰的赶马人,引领着一个驮满茶饼的马帮,从云南思茅出发,浩浩荡荡,长途跋涉地途经百余座县市,穿越大半个中国去宣传普洱茶,耗时半年抵达北京,再现了贡茶进京的盛况。

　　在漫漫进京路上，云南普洱茶的品质、宣传、营销拍卖做得有声有色，完成了在中国大地的视觉冲击。在北京人民大会堂，马帮举办了近十场新闻发布会和拍卖会，推动普洱茶价格扶摇直上。在北京一家著名茶馆，某电影明星的一提藏茶慈善拍卖，创下了高达160万元的天价神话，普洱茶由此名震京城。其价格在金融的加持下如脱缰之马，向着高点狂奔。

　　赋予茶金融属性的是2005年创立的全国首家普洱茶收藏拍卖行，把普洱茶当作金融产品公开挂牌上市、公开竞价拍卖，吸引金融资本进入，茶市狂潮涌动。

　　茶一旦被赋予了金融属性，逐利的资本便从金融机构流出，一波波介入其中。2007年的普洱茶一天涨价数次，神奇的茶叶变成了资本疯狂炒作的对象，一夜暴富的金融产品。

　　我曾经见过一张老照片，拍摄时间、地点大约是在2007年的某个产茶县。照片中，斑驳的墙上挂了一幅标语：“存钱不如存普洱茶。”在今天看来，这是多么缺乏金融知识的盲目宣传。当时，一些山区茶农口里笑谈最多的一句话是：“早上采满一箩茶，下午就够买摩托。”

老树新芽

然而，当普洱茶价格狂涨的同时，一个巨大的阴影也缓缓地向其走近。当大家都争相抢购收藏普洱茶，都想用普洱茶实现自己发财梦想的时候，被无限放大杠杆炒作的普洱茶市场瞬间雪崩，茶价断崖式下滑，百万人血本无归，亿万财富灰飞烟灭，"炒茶人"黄粱一梦。

芳华过后一声唏嘘，叹息之后一片伤痕。这就是 2007年的普洱茶之殇，一道普洱茶历史上至今未曾完全治愈的伤口。

2008 年东南亚金融危机爆发，货币贬值，经济萧条，资金链断裂，无疑又给普洱茶市场雪上加霜。众多茶厂倒闭，茶商只能选择黯然退场。

从无人问津的一片树叶到万众瞩目的金融产品，从炙手可热到跌下神坛，历经十余年阵痛、涅槃，普洱茶行业才逐渐恢复元气，迈入稳步发展的新阶段。

繁华落尽一场空，青山依旧笑春风。然而，一些神秘的金融力量至今仍未从普洱茶之殇中吸取教训，热衷于将自己的茶品牌加入金融属性，盲目地反复做多或做空，导致个别品牌茶负面新闻不断，茶价连续下跌，引发茶市剧烈动荡。

作为一个金融从业人和普洱茶爱好者，我深知股票、期货、基金等金融产品从准入、涨跌到退市都有中国证监会全程监管。而普洱茶市场则随便找一家科技公司开发一套程序，便可以建仓、平仓，任由金融资本浩浩荡荡，大进大出，肆意炒作。

几年前，我曾在某个品牌茶店的交易电子屏幕面前看到，他家的这款茶已经俨然成为金融产品，"K 线图、大盘指数、涨跌幅、多空对决、单边下跌"等股票交易术语在其虚拟大盘上应有尽有，好一幅金融茶交易活跃的场景。

这家品牌茶的交易采用"期货交易"模式，二级交易市场的参与者涵盖了厂家、投资者、经纪人、经销商以及一些初涉普洱茶的新人。

普洱茶的金融属性被强行嵌入，金融杠杆盲目放大，茶叶背后的资本推手一旦做多或做空，便会引起茶价暴涨或暴跌，坐庄操盘的可能性亦非常大，接盘侠只会被当作"韭菜"收割。

我为之一惊。茶，喝的应该是美妙滋味，但眼前这款茶的交易模式明显就是"杀猪盘"。

从今天的资本市场现实看，制造一夜暴富的金融衍生产品时代早已结束。但遗憾的是，金融茶的雷声仍在某些地方响起，茶作为金融属性的历史悲剧不时又在某一款茶身上重演，多少令人有些无奈，引人深思。

茶不是用来"炒"的

只要茶价走高，各路资本便趋之若鹜，纷纷投资"炒"茶。"炒"是通过金融力量人为制造出热点，刻意拉高价格，使得某一种茶价格远远超出其价值，引发聚焦和跟风，庄家却在高位出货，获取暴利的一种不良行为。

普洱茶散发出的魅力，将一些金融大鳄也吸引进来投资。在金融资本中，2014年，某互联网大企业曾联合云南一家茶企，选用一座规模较大的有名茶山原料制作"太极禅"系列普洱饼茶，市场反应平淡。几年后，又调换原料地点，联合另一家云南普洱茶商选用无量山古树茶制作发售"货郎普洱"。不可否认，名人效应和强大的资本介入，实实在在增加了这两座山头的茶农收入，但制出的茶饼仅仅在极小范围内流转，得不到普洱茶市场的认可。

懂茶人都明白，这两座茶山虽属于名山头，茶质亦好，但茶区范围广阔，茶叶产量很大，不利于资本炒作，犹如在资本市场上，"盘子"巨大的公司股票，价格是很难炒起来的。最终，这家互联网大企业无功而返，不得不离开了普洱茶市场。

虽然这家互联网企业离开了，但一大批茶商又纷纷入场。他们选准产量少、名气大的山头古树茶，出手精准，应用金融资本的力量，将茶价格不断推向新高，一些山头茶，每公斤价格已经被炒到上万元。

茶价轮番上涨，毫不夸张地说，一些名山茶已经被金融资本垄断。名茶的光芒，拉高了价格，让人不可企及，成为爱茶人心中的隐痛。茶叶的辉煌在给商人带来财富的同时，极有可能给茶产业持续健康发展带来不利影响。

茶，原本简单，是自然、宁静、健康的化身，可以赋予其文化、历史、高雅、

茶之美

风情与智慧，但它一定不是股票，更不是软黄金，不具有金融产品的任何属性。

　　茶是用来喝的，绝不是用来"炒"的，好喝才是普洱茶赖以生存的基础。茶一旦染上金融属性，可能会红火一时，但绝不会风光一世。泡沫终有破灭的一天。当金融茶的潮水慢慢退去之后，一定会有人在茶海里裸泳。

　　严控"金融茶"风险，已经摆上了国家金融监管和市场监管部门的案头。昨日盲目炒作金融茶的历史，但愿今后不再重现。

　　茶产业需要金融力量助力，但不需要"金融茶"这一衍生产品。

　　随着"中国茶"申遗成功，不久的将来，茶产业、茶文化的发展在金融的良性助推下会更加行稳致远，道路会越走越广阔。

第七章　　人神之间对话：茶图腾

历史学家认为，人类的童年时代大都经过图腾崇拜。图腾来自印第安语，意为"印第安人的亲族，灵魂的载体"。数千年前，生活在滇西南的濮人也与印第安人一样，认为他们受到某种神秘之物种或受某种植物保护，于是，把这种想象之物当作神灵来崇拜。

濮人认为，茶为生命之本，不但可以解渴，还可作为良药防病治病。在古代缺医少药的时代，因为有了茶，濮人才得以生存、兴旺和发展。

于是，茶就作为图腾，成了濮人崇拜的对象。濮人将茶敬奉为大地上的神，广泛种植，成为"中国最早的茶农"。

云南是少数民族最多的省份，临沧又是古濮人的发祥地，因此，在今日当地少数民族的祭祀、节日、婚丧、起房盖屋等隆重场合仍可看到茶崇拜的踪影。

双江祭茶祖

中国传说认为，茶是神农氏发现的。唐代陆羽的《茶经》提出："茶之为饮，发乎神农氏。"神农架至今还保存有一些原始宗教茶图腾的文化遗迹。相传，神农氏当年是在神农架山中尝百草中毒，而偶然发现茶具有神奇解毒之功效。又因为神农氏发明用牛犁地耕田等技术，极大提高了农业生产效率，神农部落便以牛为崇拜对象，乃至我们今天在云南佤族村寨，都会看到寨门以及栅栏上高悬展示着众多的牛头。

正是神农氏被尊为中国茶的始祖，云南少数民族也将茶作为图腾而信仰。临沧至今仍完整保存着古老的种茶、敬茶、饮茶习俗。尤其在双江县，拉祜族、佤族、布朗族、傣族种茶历史悠久，茶文化已经渗透到其信仰、生活的方方面面。祭祀、议和、结盟、交友要用茶，婚丧嫁娶更离不开茶。在这些少数民族心中，茶是神灵，有生命，更是人与神对话沟通的桥梁。

在双江勐库大雪山脚下，十八寨古茶林附近，矗立着一尊用大理石雕刻而成的神农氏塑像。神农氏端坐在石基上，面带微笑，白髯齐胸，慈祥和蔼，智慧的额头因岁月沧桑被刻下一道道皱纹。他右手握谷穗，左手扶耕犁，面对雄伟苍翠的勐库茶山，俨然是一尊茶山守护神，令人不禁对他开创出中国农耕文明和茶文化心生敬仰。

每年"惊蛰"，待春风唤醒冬藏的茶山，唤醒刚刚萌生的茶芽，双江以及勐库的主要茶企业以及当地的少数民族茶农都要聚集勐库北面山谷中的神农祠，举行祭茶祖仪式，迎接一年一度新茶的到来。

茶祖神农氏雕像

  仪式上，人声鼎沸，香烟袅袅。德高望重的主持人带领大家向神农氏塑像三鞠躬，恭诵祭文，燃香敬奉。双江的拉祜族、佤族、布朗族、傣族、汉族按照各自祭祀风俗祭祀茶祖神农氏。用祭文、高香、供品感恩茶祖神农氏把满山鲜嫩的茶叶赐予人们，让茶农享受茶叶的福泽，祈愿神农氏年年庇护茫茫茶山、四季风调雨顺、春天茶叶丰收。

  双江祭茶祖其实是一场对中国农业文明的寻根问祖，是一次与祖先灵魂的对话，表明双江各族人民将神农氏作为图腾已经世世代代，深入灵魂。

  其实，我在临沧看到，将茶祖作为图腾的遗风在各少数民族民间随处可见。对茶崇拜的风俗，从世俗礼仪、民间交往、宗教信仰到婚恋习俗，都离不开茶。

　　临沧少数民族讲究茶到意到。建房挖地基时要垫"奠基茶"，新房上梁要挂"上梁茶"，定亲要送"提亲茶"，求婚要送"定亲茶"，小孩生病要喝"招魂茶"。客人临门必先沏茶相待；走亲访友时，以茶为见面礼；操办酒席请客时，一小包扎有红十字线的茶便成了"请柬"。逢年过节祭祀祖先的供品中，更是少不了茶。

　　拉祜族、布朗族有一个古老习俗，无论寨子迁徙到哪里，都要在房前屋后栽种茶树，方便朝拜，更方便人神之间沟通交流，得到神灵的庇护。

俐侎人的茶图腾

俐侎人崇信万物有灵。在永德亚练乡的一棵千年古茶树下，堆积着厚厚一层因祭祀杀鸡而留下的公鸡毛，昭示着俐侎人对茶图腾的虔诚。

每年农历三月十五，永德大雪山茫茫原始森林深处，穿着黑色衣服的俐侎男人集中在一棵最古老挺拔的古茶树下，开始一场于他们来说是极为庄重、隐秘的祭祀活动——祭茶神。

"祭茶神"是俐侎人茶图腾中最隆重的日子。仪式结束之前，与祭祀无关的人绝对不得靠近，不得在林中喧哗、放牧、走动……祭祀仪式异常庄重、肃穆、安静。祭祀活动在朵希（祭师）的主持下分三步进行：

首先，"焚香"。在古茶树下，朵希备好供品，点燃高香，敬上酒茶，跪拜念经，恭请茶神，问候茶神，感恩茶神，营造祭祀庄严氛围。

其次，"领牲"。朵希双膝跪地，用双手将美丽雄壮的红公鸡高举头顶，献予茶树，请茶神领受俐侎人奉献之供物。祈祷后，现场宰杀公鸡，用鸡血涂抹茶树，使茶神感受到人间烟火和俐侎人的感恩之情。

最后，"回熟"。在古茶树下，朵希生火将整只公鸡煮熟，再加上带来的酒、茶、饭菜、水果一并摆到古茶树下请茶神用膳，让茶神感受俐侎人的知恩、感恩，祈求茶神保佑族人安康，风调雨顺，春天的茶树吐露出丰收的新叶。

祭祀仪式完成以后，大家围着古茶树尽情地载歌载舞。阿悠（小伙）身披羊裌子手弹三弦，尽情欢歌，传情达意。盛装的阿朵（姑娘）轻歌曼舞，展现着美丽的身段。姑娘和小伙的歌声和音乐久久萦绕在茶山，表达对茶神的敬畏和对美好日子的向往。

俐侎人虔诚的祭祀活动源于对茶的崇拜。作为世界上较早种茶、饮茶的民族，于他们来说，茶是一种信仰，如面对上天一般虔诚，是可以用生命去维护的神啊！

相传俐侎人的祖先在一场氏族部落战争中，被另一支强盛的氏族部落击败，被迫出逃，背井离乡，长途迁徙而落脚永德县乌木龙。在漫长的历史岁月里，他们过着采集、农耕、狩猎的生活。某一天，在茫茫原始森林中，俐侎人的祖先被一群凶猛野兽追踪，夺路狂奔，迷失方向，饥渴交迫，累倒在一棵古茶树下，绝望中采食了头顶上新鲜的茶叶。未曾想到的是，这片神奇的小小叶子顿时使他们生津解渴，起死回生，最终走出困境。

俐侎人从此认识茶、利用茶、感恩茶，把茶叶视为救命恩人，将茶树奉为图腾，并逐渐形成每年"祭茶神"的民间习俗。

俐侎人世代种茶、采茶、饮茶，以茶为尊、与茶为伴，从神圣的祭祀活动到日常生产生活，都有茶的影子。

我曾听过一位漂亮的俐侎姑娘在火塘边烤茶时唱的一首《俐侎茶山调》。我虽听不懂她唱的民族语言，但歌声中对茶山的感恩、对茶树的深情随着琴弦奏出的悠扬的旋律和袅袅升腾的茶香，在我心里萦绕不散，经久不绝。

祭茶树的山神庙

佤族的茶习俗

佤族自称"阿佤"，其祖先来自濮人的一支。新中国成立后改称佤族，意为"住在山上的人"。

在数千年的民族发展过程中，佤族创造了丰富灿烂的民族文化，其茶俗亦别开生面，烤茶、喝茶、敬茶等习俗也自成一格。

我曾经喝过沧源佤族的石板烤茶，感到很特别，喝法也很别致。佤族人首先用铜壶将山泉水煮沸，选一光滑薄石块，放上茶叶，拿到火塘上烘烤。烘烤茶叶时，泡茶人边烤边抖动茶叶，使茶叶均匀受热，待茶叶由绿色转为黄色，茶的清香转化为焦香时，顺手将烤好的茶叶倾入已烧开水的铜壶中，再将壶置于火塘中的三脚架煮上几分钟，一壶香而不焦、浓香四溢的烤茶便呈现在人们面前。用烘烤的方法沏茶，可使茶水苦中有甜，焦中有香。至今，缅甸佤邦、普洱西盟等地佤族仍保留着这一古老的沏茶习俗。

在佤族的习俗中，烤茶是用来敬奉和招待尊贵之客的。通常，第一泡茶水是倒在地上，敬给神灵，因为大地供养了茶树，得首先感谢土神。第二泡先由主人自己喝，示意茶汤干净，没有杂质，请客人放心。第三泡茶味浓酽，味道最好，才奉敬客人。

茶作为佤族最喜爱的饮品，在漫长的历史中融入了佤族文化元素，逐渐形成了共同遵守的茶礼、茶俗，演化成佤族特有的民族茶艺。

客来敬茶。凡是客人来到佤族人家，男主人就会先煮茶招待客人，其次给客人敬上香烟，最后畅饮白酒，以表达佤族人的热情好客。

佤族烤茶

　　在阿佤山，茶不仅用来喝，还可以当作菜来吃。佤族人将刚采摘下来的新鲜茶叶轻轻揉搓，加入大蒜、葱姜、辣椒、酸草、酱油、盐巴、味精，做成宴席上一道有滋味的凉拌菜。有时，亦将茶叶掺入陈皮、腊肉放入陶罐内，用炭火煮熟食用。

　　茶，融入了佤族日常生活的方方面面，以茶为礼的风俗普遍流行。见面时喝茶为亲切，化解矛盾时喝茶为和睦，结婚时喝茶为贺喜。世俗礼仪、民间交往、宗教信仰、婚丧嫁娶都少不了茶。茶，作为佤族通灵之物，在人与人、人与神之间搭建起美好愿景的通道。

　　沧源茶图腾的生动场景被佤族画帅深深刻在了崖石之上。自古以来，茶成为佤族人触手可摸的神灵，佤族发生的每一件大事无不与茶有千丝万缕的联系。1934 年，早已驰名省内外的沧源班老茂隆银矿引起了英国殖民者的垂涎，英军从缅甸出发武装侵占茂隆银厂，爆发了佤族人民同仇敌忾、英勇抗击英军的"班洪事件"。在发动抵抗英军进攻前，各路佤族头人结盟开会，杀鸡占卜，统一在战斗打响后用不同的茶叶作为暗语，互传情报；用不同的茶叶作为信号，发出进攻、增援或者撤退的号令。

　　根据查找到的史料，并结合民间传说，我们可以大致勾勒出茂隆银厂兴衰的情形：地处中缅边境的茂隆银厂，银矿储量较大，白银产量较多且纯度高，工人多达数万人。吴尚贤作为矿主，富甲一方，名声远扬，深受佤族人民喜爱和崇拜。传说他多次向云南总督推荐当地土司人选，干预清朝政事。加之茂隆银厂邻近缅甸北部，那里居住着流亡的明朝军队后裔。云南总督心怀戒备，便以莫须有的罪名将吴尚贤逮捕入狱，致其惨死狱中。之后，茂隆银厂日渐衰落，被官府强行查封关闭。

　　茂隆银厂兴旺时，山间来往的马帮不知驮走了多少银厂生产的白银，换回多少佤族人民需要的食盐、布匹。

　　佤族《司岗里》认为，茶叶是通灵的。在佤族的一切供神、祭祖、招魂、送鬼等宗教活动中，茶必定在祭祀中成为必备之物。

　　佤族没有文字，茶叶在其民族历史中充当着文字符号和信息传递的载体。今天，汉字已经在佤族人民中普及，但在佤族村寨民间交往中，依然流行着以茶传情、以茶相亲的独特交往方式。

　　越是民族的，必将越是世界的。佤族姑娘每年在春茶采摘之际，都要对茶山唱茶歌，给茶树敬高香、献供品。这一习俗，正是佤族人民借助茶这一中介，达到人与自然之间互相交融，和谐相处。

傣族竹筒茶

在傣族人的日常生活中，茶叶、糯米、盐巴最为珍贵。在宗教活动和礼尚往来中，茶更是必需品。尤其在祭祀时，用茶作为献品，更能表达祭祀者心情的虔诚。

傣族制茶的方式，与其他民族相比，有其独特之处。竹筒茶是其茶习俗的代表，不仅别具风味，还是一种比较讲究的待客礼仪。

竹筒茶属于紧压茶，是将晒青毛茶放入饭甑里，底层用糯米和水混合，加热蒸透，待茶叶软化充分吸收糯米香气后，装入一根根皮薄内空、竹膜清香、节间较长的竹子内，用竹叶堵住筒口，在火塘上边烤边压，边烤边翻，待竹筒由青绿色变为焦黄色，筒内茶叶全部烤干，散发出浓郁的香味时，即成茶香、竹香和糯米香三香齐备的竹筒茶。

竹筒茶虽然制作简单，但需要十足的耐心。竹筒茶必须选用秋后的香竹或甜竹来制作，因为此时的竹子密度大、水分少、虫不食，能长期存放。尤其在烘烤环节，要将装满毛茶的竹筒在封闭好之后，架在小火旁慢慢旋转烘烤，让茶叶均匀受热，使茶叶持续发酵，将竹香、米香和茶香互相交融。烘烤数天，至闻到扑鼻而来的茶香时，才将竹筒从火上取下，让其自然冷却。

圆柱形状的竹筒茶，不仅成为傣族祭祀不可缺少的供品，成为傣族人舌尖上离不开的味蕾记忆，也渗透进傣族的日常生活礼仪之中。傣族人家在建房造屋时，要将竹筒茶放在柱子脚祈求顶天立地、通灵平安、风调雨顺。

竹筒茶，融合着茶的醇香、竹的清香和米的糯香，喝起来别有一番风味，爽心悦目，仿佛是世间最美的滋味，并成了云南少数民族悠久茶文化历史的一部分，成为中国茶俗中不可缺少的一项技艺。

第八章　警惕茶德变味：庸俗

　　在工业文明到来之前，云南人一直遵循着"道法自然""天人合一"的生活规则，与大自然相处得十分和谐。也正因为这份和谐相处，才有了大自然馈赠给云南的众多古茶树。

　　工业文明与茶原本毫不相关。但我们从社会经济发展规律和茶叶的兴衰历史中，又不难发现一个奇特的现象：茶叶的需求是随着工业文明的推进呈几何倍数快速增长的。譬如，荷兰航海业最发达，中国茶便最早由荷兰商船带到欧洲，风靡西方世界；工业革命起源于英国，英国便成为世界上消费红茶最多的国家。

茶德的沦丧

茶德的说法最早出现于唐代陆羽的《茶经》中："茶之为用，味至寒，为饮，最宜精行俭德之人。""精行俭德"内涵丰富，指物能通人性，茶人应该具备良好的行为操守与品德修为，才能与茶的本质相匹配。茶，除了嗅觉、味蕾上的享受，还有精神上的愉悦，更可以修身养性，以茶悟道。

法国伟大思想家孟德斯鸠有一句名言："德是人之本，国之基。"唐代大诗人李白说过："土扶可成墙，积德为厚地。"如果不讲道德，就会滑入野蛮无序的边缘，而道德是一个国家发展的根基，一个商人的底线。

茶本是有德之物，但遗憾的是，从世界历史看，茶德最早在西方沦丧。为了不付出真金白银便得到中国茶，英国商人不惜丧尽天良，向中国大量输入鸦片，既达到夺取茶叶和流失的白银的目的，又能毒害中国人民的身心健康。茶叶、白银和鸦片在东西方两个大国之间不断流动，从而引发了鸦片战争。

若从贸易角度看，茶德沦丧于当今的市场经济。当茶叶需求大于供给，价格自然上涨。若价格背离价值太远，茶叶就有可能沦为资本炒作的对象，导致茶德沦丧，变味落俗。

历史上，茶叶曾经作为交易额度最大的国际性商品，更是全球资本追逐的主要对象。为了得到中国茶，西方资本主义商人投其所好，通过砍伐珍贵树木或杀戮动物取得其皮毛来交换茶叶，满足清朝权贵、富商极端的奢侈需求，甚至在其殖民地广种鸦片输入中国，用图财害命的手段获得国际贸易顺差。不得不说，西方资本主义最初的原始积累里，每个毛孔都渗

茶艺

透出血腥。

　　美国历史学家埃里克·多林在《美国和中国最初的相遇》一书里，曾描写过一个血腥的故事。说的是18世纪中后期，中国茶叶在西方广受青睐，供不应求。为了换取中国的茶叶、丝绸，美国人几乎砍光了夏威夷和斐济的檀香树，杀了许多太平洋的海豹和海獭。为了捕获更多海豹和海獭，美国人扬帆起航，向更遥远的海域寻找捕捞。于是，美国人才意外发现了南极大陆……

　　彼时，中国茶在美国是硬通货，家家户户必备的生活品，喝咖啡是后来抵制中国茶销售才盛行的。茶，不仅点燃了美国独立战争之火，还使美国人走上了到中国贩卖茶叶的发财致富之路，催生出独立战争后美国第一批百万富翁。

1784 年，当美国的第一艘商船"中国皇后号"驶入中国广州黄埔码头时，卸下最多的是海豹皮、海獭皮、檀香、花旗参和布匹等，装上船运回美国最多的是通过交换得到的茶叶、瓷器、丝绸、胡椒和白银。1785 年，"中国皇后号"商船驶回美国纽约港口，满载的茶叶被抢购一空。中美之间的茶叶贸易，开启了东西方两个大国频繁往来的国际贸易新时代。

鸦片战争之前，由于红茶在英国成为奢侈品，英国白银大量外流中国，使世界上最大的银本位国家——中国，迅速壮大，形成"乾隆盛世"。为了扭转贸易逆差，英国开始向中国输入鸦片，掳走中国的白银和茶叶。

飘香的中国茶，成了西方资本垂涎的对象，成为改变历史进程的催化剂。

茶艺

精行俭德面临挑战

世间一切，皆有因果。德大于得，必有所得；得大于德，必有所失。防微杜渐，强化修养，乃是中国人的智慧。

陆羽以"精行俭德"要求茶人宁静致远、清净淡泊、修身自律，将茶的外延由单纯的饮品上升到"德"的精神层面，展现出了一种东方生活美学。

宋徽宗在《大观茶论》中写道："而天下之士，励志清白……不以蓄茶为羞，可谓盛世之清尚也"，明确地将人品与茶品结合起来。宋徽宗认为，世间不平之事皆首先由人心不平引发。如果大家都喝茶，袅袅茶香可让人心平气和，便会成为一种良好的社会风尚，那么，天下就会太平了。

令人遗憾的是，今天的普洱茶界，由于古树茶价格高昂，某些商人违背了古人的茶德教诲，用台地茶冒充古树茶，用普通茶冒充名山茶，触碰了茶德底线，导致普洱茶界"水深浪急"，损坏了普洱茶的信誉。

茶的灵性和滋味来源于大自然。人与自然要和谐相处，不过多干预自然。哪座山里生长什么茶树，选择在哪里生长，什么时候采摘，茶树选择与什么样的植物为伴，皆是尊崇自然。茶叶交易要以质论价，不要过度炒作，欺骗市场。

茶虽雅事，但极易落俗。普洱茶畅销，价格一高涨，一些传统的茶德便逐渐被淡忘，茶山恍如闹市，专营各种"名山古树茶"的店铺如雨后春笋般出现，真是良莠不齐。

前几年，我去了某县的一处茶山，那里人声鼎沸，曾经原始的少数民族风格民居早已消失。一辆辆豪车沿着修好的水泥路直接开进茶园，汽车与古茶树近在咫尺。千百年来自然宁静的古茶园被汽车尾气和喇叭声惊扰。

生茶汤

　　古茶园里，供参观者行走的硬化道路一尘不染，台阶笔直整齐，与我十余年前去看到的原始朴素模样大相径庭。除了古茶树之外，"人是物非"。古茶园过度开发，古茶树的"家"正在悄然发生着改变。对古树茶的"溺爱"让这些古茶树备受伤害。

　　名山古茶树被高价出租，寸叶寸金，正遭受着每年多次过度采摘，导致其中几棵茶树营养不良，叶子枯萎，秃了头顶，处于奄奄一息之态。

　　在一处古茶园，山坡上的古茶树依然傲立，放眼望去，山脚下除了碧蓝的江水，更多却是喧嚣的人流，奔驰的汽车从茶园旁经过。

　　宇宙万物皆是有生命的个体，一座山、一朵花、一棵木，都有其自然生命规律。这些曾经远离喧嚣的古茶树，听着嘈杂的声音、吸着汽车尾气、忍受着各种人为的"拔苗助长"。生态环境发生改变，茶质必将会随之发生改变。

　　由于云南特殊的地理条件、土壤结构形成适宜茶树生长的天然条件，一些佳茗好茶从众多山头脱颖而出，注定成为优质稀少的大叶种茶标杆，成为茶人暴富、商贾牟利的资本搏杀之地。

　　常言道：水满则溢，月盈则亏。万物皆有度，一切繁华都是有限的。若溺爱，只会物极必反。价格不断上涨，茶叶一年采摘多次，势必严重危害古茶树的生长。加之将名茶产地范围人为扩大，许多伪劣茶也随之流入市场，会导致一些名茶声誉受损。伪劣茶市场称之为"盗叶"或"托叶"。如冰岛老寨古树纯料茶每年制成茶饼的数量原本不多，但市面上打着冰岛字样的"托叶"茶饼不计其数，几乎每家电商都在卖冰岛古树茶，但有几家的冰岛古树茶是正宗的？又有几饼是真正的冰岛老寨古树茶？

　　茶园还是那片茶园，但名山古树茶的品质如何永葆长青不变，不可复制的滋味如何在原生环境中一代代传承，已经引起地方政府和爱茶人的高度重视。

一芽三叶

为了保护冰岛茶的原生态环境，确保冰岛茶的可持续健康发展，2020 年 11 月，双江县人民政府决定将冰岛老寨整村搬迁。冰岛老寨那片古茶树终于重新回归原生态的大自然环境。

茶是一种物质存在，也是一种文化传承。倘若茶界突破了茶德底线，名茶可能成资本的傀儡，假冒的对象。在茶叶市场，我遗憾地看到，一些失去茶德的人用近似玄乎的茶话，用普通茶冒充名山古树茶，去欺骗刚入行的消费者。

一些所谓的"普洱茶文化大师"，穿着长衫，开口便能喝出茶树的产地、海拔、朝向、树龄和储存之地，俨然茶界至高无上的神圣权威，把普洱茶玩弄得比宗教、哲学还神秘深奥，编造的茶故事简直如天方夜谭，充满了荒诞，甚至难以自圆其说。人们喝的是茶品质，而不是"故事会"。故事讲得天花乱坠，若茶质跟不上，会酿成笑话或健康事故。

北宋文学家欧阳修断言："茶品如人品。"通过茶的品质，可以看清茶人的品德。今天，一些鱼龙混杂的商家用普通茶，甚至劣质茶冒充名山古树茶，让普洱茶饼在市场上成为消费者不放心的商品。究竟是茶叶品质下降，还是茶人的茶德变味，甚至落俗了呢？我们都懂。

茶，是一片干净的大树叶子。茶席，是一种真善美的文化表征。记得中国每年举行的新春茶话会，都用茶作为辞旧迎新的媒介，所谓"座上清茶依旧，国中景象常新"。

真正的茶人是将茶作为一种信仰，矢志不渝地为茶传道、授业、解惑的人；是酷爱茶树、保护茶树、尊重茶树，崇尚生态自然的人；是将茶升华为一种美学信念，在不完美中追寻完美人生的人。

我们为什么喝茶？因为茶汤里有品质、健康、宁静、善意与美好。在今天浮躁的拜金主义思潮下，重提茶德、重塑茶魂显得十分重要、迫切。

我梦想着，复活茶之美的本质、茶之源的清新，让茶品成为人品诗意的永远存在。我担忧，茶一旦被假冒，便与健康、美好和文化背道而驰。

茶市上，千帆竞渡，唯品质领先。倘若是漏水之船，迟早都会倾覆。

第九章　怀念秘境茶仓：朴素美

不经意间，我已见证了春风的手指第七次划过临沧大地以及由其牵出的朴素美丽景色。生活在临沧的七年时光，是我生命中最刻骨铭心的漂泊岁月，充满了激情、实干、思考以及一丝淡淡的忧伤。

春风是牵出茶叶和花朵的手指。记得每次春天抵达临沧，飞机即将降落的时刻，我俯瞰到，漫山的茶树和遍野的油菜花挤满了大地上的每一个角落。那些临沧的乡村，被如潮的花朵和碧绿的茶树柔情地围成了一个个孤岛。远方的天空下，春风轻托着一行行白鹭，在油菜花黄色的或茶叶绿色的海洋上留下一道道白色的轨迹。

临沧这片美丽的地方，早已在花开花落中历经了不知多少茶香情浓的漫长岁月，为何至今尚未引起作家的关注？大千世界、芸芸众生，为何缺少一双发现美的眼睛？

临沧之美

，

　　临沧兼有世间的两种美：用眼睛观看到的山水自然之美和用情感体验到的文化传承之美。

　　每当我取下临沧的藏茶，将水入茶，茗香散发出临沧土地上特有的植物韵味时，我知道，它的表象所呈现的是茶作为一种植物的自然美；而它的香韵，却具有一种让人流连忘返的体验，坦露出一种震撼人心的哲学之美。仅从喝临沧茶这一过程便可感受到这样的双重美。

　　在当今的后工业时代，临沧却以它原生态的姿容静静伫立在滇西南一隅。它的每一座青山、每一汪绿水、每一个生活其上的人仿佛都与世无争，平淡如野花，平静地展示着它的朴素之美。

　　在临沧人的思维中，人生如茶，吸入的是土地的养分，散发的是纯美的气息，品尝的是朴素的哲理。活在红杜鹃的羞涩之中，活在如雪的大白花面前，活在翠绿的树木里，活在心灵至美的人群中，这种朴素的"天人合一"价值观给了我许多启迪，也给我上了一堂人生哲学课。

临沧风光

　　临沧的自然美，美在它的孤独，美在它的唯一，美在它散发出原生态绿色植物独有的味道。譬如茶，临沧的普洱茶香味和韵味具有唯一性，是其他普洱茶产区所不具有的。在临沧，食物也呈现着令众人产生食欲的形态美。春吃花朵夏品菌，秋尝水果冬喝蜜。一年四季都有吃不尽的花花朵朵、山茅野菜等绿色食品。在物质丰富的今天，食品安全却成为最大的问题，催长的激素和农药污染，让久居城市生活的人会非常怀念小时候原生态鱼肉等食品的香味。虽说那时物品匮乏，但那些纯粹天然的食品，刻在味蕾上的是一辈子抹不掉的记忆。而在临沧，还有着这些味蕾上的记忆，还有着我们对绿色食品的无限向往，让我们对原生态的临沧心生敬意。

临沧人的心灵美是在原生态的环境和中国传统文化熏陶中孕育而成的。临沧地处中缅边境，山川阻隔，交通闭塞，中国人传统的质朴、善良和团结的特性，不时呈现在外人面前。

初到临沧工作时遇到的一桩小事，竟感动得我难以忘怀。因为到拥挤无座的小食馆吃早餐时，常有当地人抬起碗主动起身给我让座。这些人和我素不相识，却总是给我一个灿烂笑容。一段时间后，我才明白，他们看我额头饱满，头发滑顺，加之戴一副眼镜和穿一身西服，不是官员、老板，就是外地的宾客。有朋自远方来，不亦乐乎？不让座便不足以表露对远方宾客的尊敬之情。这些微小的举动，折射出临沧人身上至今仍保留着中国文化传统的质朴善良。他们就是这样，朴素、实在、纯粹。

每个人都是一粒种子，艰难地萌芽生长。为了生活和工作，我们有时候又像风中的蒲公英一样，四处漂泊。当时的我，一个人远离故乡，内心是孤独的，遇上这些质朴和心灵美的人，犹如遇上了一场及时雨，他们润物细无声的关爱，滋润温暖着我，如同一粒孤独的种子看到希望，破土而出，成为这片土地上不可缺少的一分子。

爱心是美的最高境界。在临沧，心灵美的人不仅普遍存在于民间和职场，还存在于企业商界。我们身处一个物欲膨胀的时代，追逐金钱者众，有人文情怀者寡。但临沧的一些企业家，他们心怀大爱，如一朵朵荷花出淤泥而不染。他们朴素的举止给了我许多启迪，成为我漫漫人生路上的一面镜子。

在临沧众多的企业家中，原双江勐库戎氏董事长戎加升和云县大寨建筑公司董事长李镁两位前辈留给我的印象最深。他们有着深厚的民生情怀，用"企业＋农户"指导帮助农民脱贫致富。他们助人为乐，曾拿出巨资，投入当地公益事业。他们心系民众，经常在烈日下深入茶园和工地，帮助茶农、农民工排忧解难，从不拖欠茶农、农民工一分钱工资。他们作为临沧众多企业家的一个标杆缩影，在临沧大地广为传颂。

因为与他们质朴的心相遇，我领略到了一颗颗至美的心所引领的美之感染力和传播力。他们善良之心迸发出的魅力，正牵引着一群群人的心，美丽了一方淳朴的天地。

回想十余年前在临沧工作时期，每当与戎加升、李镁两位前辈相遇，更多的是看他们清瘦的身影，听他们质朴的声音，悟他们至美的心灵。

"茶农的娃娃们要开学用钱了，我得减少开支，尽快卖茶筹钱，兑付给茶农啊！"这是十多年前普洱茶市场低迷时当代制茶大师戎加升先生在春茶采摘、收购季节常常挂在嘴边的一句话。

云县企业家李镁的口中也时常倾吐出"关爱农民工也是关爱自己的建筑企业啊""助别人一臂之力是我的荣幸"。

简单质朴的话语，折射出他们的心灵善美。

临沧山水的自然美很真，许多人都已认同。但临沧人的"美"，不到过临沧的人，则是感受不到的。

人到中年，我走过很多地方，遇到很多人，帮了许多人，也吃了不少亏，爱过、恨过、高兴过、痛苦过，到最后才发现，临沧这方净土适合修身养性，可遇不可求，堪称云南的大美、至美！

｜朴素的爱情

> 扁担弯弯山路长，
> 挑起白米下镇康。
> 镇康爱我小白米，
> 我爱镇康小姑娘。

这首流传于临沧的民谣，讲述了永德县青年小伙肩挑白米去镇康县相亲的情景。从民谣中我们发现一个朴素的真理：爱情要以情感为基础，如加以适度的物质条件，婚姻便能达到圆满的境界。

翻开历史，我们不难发现，农耕时代正是人类爱情最纯真的时代。那时的婚姻有纯洁之情、和谐之美和实用之魅。

爱情不仅是繁衍后代的载体，更是人类情感的归宿。我怀念农耕时代的爱情并非要让历史逆流。我只是希望让现代爱情再轻松滋润一些，让情感根须再扎深一点，回归其朴素自然的本来面目，这无论对家庭还是社会都十分有益。

在临沧，我发现少数民族的爱情并非以物质为主导，而在于两情相悦。青年男女在"阿数瑟"（镇康县民间的一种爱情调子）的情歌里由爱生情直至结婚生子，极少受到房子票子位子的影响和左右，这是民间最朴素的婚姻啊！那一曲曲诱人动情的调子，像潺潺泉水在耳边流淌，使爱情的自然纯净面目恍若初见。

在永德县，我考察了被称为东方情人节的"桑沼哩"（指男女恋人相约去温泉沐浴的情景），俐侎姑娘那一汪透明得会说话的眼眸映衬着她天然的勤劳柔性，不知净化了多少旅人的心灵。俐侎人的爱情被称为人类情感最自由流淌的爱情；俐侎人的婚姻被称为最符合人性本能的婚姻，具有中国婚姻史上活化石的神秘特征。那里的每一对恋人，每一首情歌，无不保留着人类爱情的原生状态。

俐侎人的爱情是自由的。他们的爱情随情感自由流动，像山风追着河谷，鸟儿追逐蓝天，野性追随情感，来去皆愉快通畅。

俐侎人至今不去刻意追求法律意义上的婚姻关系。在感情世界中，他们更信任真情与承诺。这种纯净的两性关系组合成永不疲惫的爱情空间，教人信任爱人，教人忠诚于家庭。即便极少数缘尽分手，也坚守月圆是美，月缺亦是美的心境，聚散都很坦然，从不发生激烈矛盾。我见证一对分手的夫妻，没有财产和子女纠纷，没有撕破脸皮的争斗，而是各持一截已砍断的木头，然后平静地各自奔向自己自由的空间。

俐侎人永生都不说爱情已逝，至死都不讲恋情已终。

在临沧生活的七年时光，我不曾见过俐侎人因爱情淡化而伤痛，不曾感到婚姻破裂给予人的悲伤。作家冰心说过："只要人心中有了春气，秋风是不会引人愁思的。"俐侎人自然、真情与坦荡的爱情婚姻态度，像流水一样真实自然。

在远离中原文化的滇西南，发现少数民族朴素的爱情，犹如发现中国农耕时代的婚姻再现，它给予现代人的启迪作用不容忽视。这些尚存的民间鲜活爱情故事，在物质文化高度发达之后，极有可能引领未来年轻人将强加于婚姻身上那些沉重的包袱净化减负，让朴素的爱和真诚的人组合而成的婚姻留给子孙以德和智、体和美、汗和盐……因为，只有朴素的才是永恒的，只有民族的才是世界的。

人间爱情莫不如此！

消失的风景

即使没有灾难的肆虐，那些高原大地上原生风景消失的速度也让我惊恐。在倡导建设美丽中国的今天，我不得不站在云南仅存不多的原生态之地—临沧，倾诉几句对那些消失了的风景的呓语，轻唱几声对正在消失风景挽留的恋歌。

那些20世纪存在于人间的自然风景和人文景观，作为中国农耕文化的结晶，是祖先，更是我们灵魂的栖息地。它们存在于自然，植根于民间。它们折射出来的"天人合一"的智慧之光，为人类追求的最高境界。这些原生风景，像女性却不柔弱，似男性却不粗鲁。它们是一笔隐藏的巨大宝藏，其未来的商品价值和人文价值无以估量！

在GDP快速增长的时代，我怀念那些依山而筑、临水而居的木屋，怀念那些稻田中浑身沾满泥巴摸鱼的孩童，怀念那些在山歌中采茶的少女，怀念那些流淌在世俗之外纯洁得像圣女般的河流……

每每想到这些情景，我耳中便隐隐传来著名诗人于坚对保护原生态文化发出的呐喊，眼中便浮现于坚关于美丽云南的文字描写：所谓云南精神，是一种原生态的文化精神，我们必须从原生态的文化精神中提炼出新的力量和活力。

对原生态风景的怀念其实是对生态经济学的推崇。我从事金融职业，金融作为经济的核心和GDP的推手之一，我可以透过金融探索到原生态风景的本质，并从原生态风景所蕴藏的人文价值和旅游价值中闻到等待爆发的经济学香味。而生态经济的发力需要耐心、智慧和时间，乃至我总无法摆脱GDP所毁灭的那些东西留给我的美好记忆，总沉浸在那些已消失或正在消失的原生态风景里久久不能自拔。

茶马古道铁索桥

　　十余年前，我来到临沧，抵达云南为数不多的原生地。那些如茵的绿，似梦的景，让我的心灵得到丝丝慰藉。临沧的风景，点亮了我诗意的心灵。

　　抵达临沧的第一个春天，我便匆匆奔赴茶山。临沧清明前的万亩茶山，涌动的是激情的农耕文明的原生态底色。茶歌从远处飘来，白鹭从天空划过。那些歌声，仿佛从茶树中放飞而出，浸透了我的肉体和灵魂，在我的心灵中掀起畅美的浪花。

　　这，便是临沧原生态风景之美，一种圣洁的美，让人神往的美，值得你用一生去观赏，用一生去珍藏。

　　在临沧的偏僻山乡村寨，那些百年前盖的拉祜族木板房、佤族茅草房和傣族竹楼仍然保持着原生态的风格，展示着人类最初的原始记忆和自由祥和的魅力。

　　几年前的临沧，我不时遇到那些在秋天早晨漫卷的雾岚中割胶的傣族少女，汗水顺着紫红的脸庞流下。她们服装鲜艳，衣袂飘飘。累了，便拉来衣袖抹去汗香，仿佛要把辛苦和忧愁抹去。她们弯腰割胶的身姿，如点缀在胶林中的花朵，令人热望迷恋。

翁丁古寨

　　临沧拉祜族妇女的打歌、彝族婚宴时激情的跳菜、傣族的十里稻香、佤族神秘的祭祀都给我的精神世界带来了静水深流，让我触摸到原生态风景所蕴藏在生态经济学中的巨大潜能。

　　遗憾的是，这些原生态风景也正面临消失的困境。2021年春天的一场大火，中国最后一个佤族原始村落、中缅边境绿色山腰最闪亮的一颗银扣子、曾经的佤文化核心地—翁丁葬身火海，永远消失……

现在，我们只能用一首悲伤的诗，怀念那些装满神秘司岗里的房子，怀念那些盖房子的佤族先人……

　　百座青山，万千牛头

　　终挡不住一粒星火

　　给翁丁戴上红帽

　　木鼓和弓箭没了，没了的

　　还有司岗里原生的样子

　　以及，一汪汪深情的凝眸

　　灰烬中的黑木骨

　　瘦成翁丁的天堂

　　春天疼了

　　上万颗心一夜冰凉

　　没了神往的家

　　拿什么牵住你痴情的郎

原生态风景属于古典的，需要后人保护。它们是穿在大地上最美丽的衣裳。不论时光以怎样的速度流淌，它们都不应成为夏夜中的流星，一闪而逝。它们应世代传承下去，成为人居舒适的乐园，成为生态平衡的典范，成为环境优美的家乡。否则，我们的经济便会失去动力，我们的精神便留下悔恨。

我希望永远留住那些原生态风景。这不仅可以给我们的心灵留下一片净土，而且也给子孙后代留下一条生存之路。我更期望，更多的人能从生态经济学的角度看到原生态风景蕴藏在历史岁月深处的巨量的经济价值和人文价值。

这，便是对大自然的尊重！

难忘佤族灿烂的笑容

挂上笑容待人，
唱着歌声劳动。
生活是简单的，
心情是快乐的。

这是佤族古歌中关于佤族人阳光心态的描述。我以为，佤族是世界上笑容最灿烂的民族。

如果我是画家，我要以手中之笔画出佤族人最纯洁的眼神；如果我是摄影师，我要以手中的相机捕捉佤族人最灿烂的笑容。我多次到过佤族原始村寨——沧源翁丁，每一次去，佤族人民那黝黑且灿烂的笑脸久久印刻在我心中，挥之不去。

多年来，我一直很在意观察世人的脸色，观察人类这一最简单其实也最复杂的物种的面部表情。印度诗人泰戈尔说过，"微笑是最好的名片。当他微笑时，世界爱了他；当他大笑时，世界便怕了他"。微笑被伟大诗人提升到了一个国家和一个民族精神文化的高度，使人不得不将目光聚焦其上。但遗憾的是，在我们生活的城市里，人们自然出现的笑容却越来越少。

在佤族的故乡——翁丁，那些灿烂的笑容伴随着激情的歌声于我是一种心灵的洗礼。尤其是当我看到一扇扇木窗里闪现出孩童笑脸时，我发现了人性中最明亮最洁净的笑容。这些笑容的背后蕴藏着一种坚韧、质朴、善良和快乐的灵魂，就像临沧的天空，蓝得彻彻底底、纯纯粹粹，不带一

佤族少女（王文林摄）

丁点雾霾杂质。

佤族是勤劳、快乐的民族，因地理及历史的原因，至今仍不富裕。但生活的艰辛抹不去他们脸上的色泽和土地一样朴实的表情。他们善于将生活、歌声融汇成艺术。我参加过佤族的葬礼，没有墓碑和铺张的场面，只有几声对天鸣响的铳声，便将逝者送归大地；我参加过佤族的婚礼，几桌热情的酒席和几首哭嫁的歌便让新娘告别父母，被送进新郎的洞房；我见证了佤族的恋爱，不仅仅是激情，而且还承载着佤族人的婚姻审美和人生信仰："每天想你无数回／想你想得掉眼泪／每天念你无数声／念你念得喉咙累。"这就不难理解这首佤族情歌为何会在佤山村寨经久传唱，永生不息。

佤族人的恋爱，浓情和简单得令人心动！

一个微笑可以化解恩怨，一副笑容可以振奋精神，一群笑脸可以灿烂一个民族。我工作七年的秘境临沧，曾一起共事的佤族同事较多，他们都有着阳光般的心态、泥土般的朴实、黄牛般的勤劳，他们无论是获得掌声，还是不尽如人意，始终笑

佤族茶席

容挂脸，快乐生活，踏实工作。

物质的简单并不意味着精神的贫困，这是人们对佤族心态的积极评价。其实，事物是有规律的，有悲必有喜，有爱必有恨，有生必有死，关键是人对待事物的心态。

我赞赏佤族的从容，笑对生活，笑对爱情，笑对生死的心态；赞赏他们坚韧得像岩石，心境灿烂得像花朵的性格。

握住手中的画笔，画出佤族真诚的笑，不要让世间虚伪的笑再伤害笑；按下相机的快门，留下佤族灿烂的笑，不要让世间权斗的笑再伤害笑。

我期待着这样一种宁静：在城市高楼中所有居住的人都能像佤族那样，在歌声中闭上睡眼，在微笑中进入梦乡，在自然中快乐醒来。

人类啊，能否将笑容化作精神的密码，用它打开尘封于心灵深处的枷锁！

第十章　茶席间江湖论剑：茶话

山高水阔幽梦燃，茶里乾坤几人闲。爱茶的人，每天都在与茶对话。喝茶，是中国人的一种传统生活习惯，更是一种健康、快乐、交流的文化生活。

因爱茶，有幸结缘茶人。

一缕阳光缓缓落在茶席的下午，在茗香氤氲中，茶香沁心，知音相逢。于是，便有了一段故事的开篇。作为写作者的我与中国茶叶流通协会副会长、中国茶产业技术创新战略联盟副理事长戎玉廷先生开启了一场关于临沧的茶话。

作者： 在茶的世界里，普洱茶仿佛是神秘的，让人捉摸不透，似乎每一座山头的茶都是云南少数民族的历史与传奇，带着"贡茶"的荣耀与光环，傲立于茶界。

临沧茶近年来在普洱茶界中后来居上，一枝独秀，令人称奇。你作为普洱茶界的实践者和引领者，对茶的认识理解深刻并具有权威。请你谈谈对临沧茶的理解。

戎玉廷： 茶起源于中国，中国有着悠久的种茶历史和浓厚的传统茶文化，从柴米油盐酱醋茶到琴棋书画诗酒茶，茶在我们的生活中无处不在。在临沧，茶还衍化出很多民间茶礼、茶俗、茶艺等文化习俗。

茶在中国历史中，曾经有过繁荣的过去。但自鸦片战争之后，中国茶叶出口开始下滑，印度茶叶出口超越中国。民国时期，由于战火纷飞、人民饥寒交迫，茶市陷入衰退。普洱茶在这一时期市场低迷，甚至淡出了人们的视野。

进入 21 世纪，随着中国社会经济的快速发展，普洱茶市场再度崛起，不断超越其他茶类，甚至改变了中国茶叶市场的格局。当前，普洱茶正处于复兴阶段。我坚信未来中国茶一定会随着国家崛起和传统文化复兴而繁荣，普洱茶一定会再次给大家带来健康、快乐。

临沧是世界茶树重要的发源地，茶的独特品质令人迷恋，生长在这片秘境土壤上的茶叶，其香、其甜、其韵绽放都是独一无二的。在计划经济年代，临沧茶曾作为"茶中味精"，被国营昆明茶厂、下关茶厂、勐海茶厂采购去拼配，以提高其茶品质。

　　我无法用语言描绘出临沧茶的优秀、美妙。但愿爱茶的人都留一点时光，去品味一下临沧茶，它会给你意想不到的惊喜。

　　作者：宋徽宗在《大观茶论》中这样写道："夫茶以味为上，甘香重滑，为味之全。"在古人眼里，好茶最重要的是滋味，是回甘、高香、醇厚、滑润的味道。你认为好茶的标准是什么？

戎玉廷：不同的人对好茶有不同的定义。茶是一种用感官感受的饮品。对喝茶人来讲，喝着好喝，身体感觉舒适的，喝了还想喝的，就是好茶。大多数喝茶人其实不是很懂茶的，也没有条件去跑遍茶山研究茶。但人的味蕾一定能鉴别出茶的品质好不好，喝后舒不舒适，想不想再喝等。

随着经济发展，制茶技术、冲泡技法越来越讲究，但是对一款好茶的内在认知从未改变，都是舌尖上的抉择。

好茶都有自己的故事。好茶来源于好原料和好工艺。我的观点是：好茶 = 好原料 + 好工艺；而好原料则是：好品种 + 好环境 + 好管理。

临沧茶来自茫茫高山、深邃河谷。这些茶区有充沛的阳光照射、优越的地理条件，茶叶尽情吸收着大自然的精华。所产的茶或刚中带柔，或柔中带刚，或刚柔并济，为我们制作出不同滋味的好茶提供了丰富的原料来源。

勐库大叶种是我国 1984 年首次认定的国家级茶树良种，氨基酸、茶多酚含量高，收敛性强，滋味浓强甘烈，是加工普洱茶的上乘原料。大叶种茶叶片肥大厚实，内含物质丰富，制成的普洱茶饼滋味细腻绵长，香气深沉厚重。

作者：刚才谈到"好茶 = 好原料 + 好工艺"。一饼好茶，除占据作为"好原料"的天时地利之外，把控"好工艺"亦很关键。不久前，"中国传统制茶技艺及相关习俗"申遗成功，引起了世界极大的关注。你作为三代制茶世家传承人和"云岭最美科技人"，能否透露一点制茶的好工艺？

戎玉廷：热烈祝贺"中国茶"申遗成功！在中国茶世界非物质文化遗产的项目中，云南共有六个传统制茶技艺入选。世人皆爱普洱茶，大家往往听人述说着那些名山古树老茶，着迷于它丰富多变的口感，却忘了"好工艺"才是普洱茶好喝的幕后英雄。"好工艺"是良心和技术的体现，核心环节是初制，决定着茶叶的品质。

临沧各个茶叶企业为了做出符合标准的口感，都有自己的制作标准。我的制作模式是采取"初制全集中"，即针对不同的原料指定不同的车间和技师。随后，按照三代制茶世家的本味制茶法——"知味为根、辨味为本、和味为魂、本味为道"，尊重茶的本性，把好原料做出更好的茶饼，让普洱茶品质稳定可持续。

我和父亲开创了"高台石磨压制工艺"，解决了传统石磨压制的缺陷问题，方便手工操作。这套工艺中，"蒸、揉、压"是核心关键。"好工艺"可以使茶饼周正漂亮，茶饼松紧均匀，茶条的完整性得以最大限度地保留。品饮时，茶饼更容易撬散，且条索保留相对完整，有利于普洱茶的存放，在储藏中会变得"越陈越香"。

归根结底，一杯好茶的诞生离不开"好工艺"。

作者： 在茶的江湖里，很多人都有这样的困惑，无法接受熟茶的"渥堆味"。我知道，云南的一些茶企业除了生产普洱生茶之外，还制作普洱熟茶。你认为，熟茶有前景吗？

戎玉廷： 我认为，熟茶的前景非常广阔，普洱茶中的好熟茶、老生茶肯定会受到欢迎。它们柔和、甘甜、醇厚、陈香、韵浓，像一位长者，从容宽广，低调内敛，还有很好的保健功效，比如养胃、利尿、降脂、养颜、减肥，甚至能预防"三高"、动脉硬化等。

熟茶特别适合胃寒的人饮用，适合冬天寒冷的时候饮用，它会带给你一种弥足珍贵的温存。

当然，部分普洱熟茶也存在一些问题，主要是质量标准不统一，工艺落后，不规范，原料品质参差不齐，鱼龙混杂，

也在消费者中留下了不好的印象。

　　针对制作熟茶上的工艺缺陷，许多茶企一直在努力攻克。历经十余年实验创新，我在 2017 年成功研发出一款"博君"熟茶。这款熟茶，有丰富的花果香、焦糖香，无堆味，茶汤浓稠顺滑，是一款与传统熟茶口感完全不一样的茶。

　　"博君"一经推出，众多茶友就被它妙不可言的滋味所惊艳：原来熟茶也有如此好的味道。

目前，熟茶正朝着高端方向发展。无论熟茶产品如何风云变幻，我们从不随波逐流，始终如一，执着于品质，执着于初心，用好的品质，贡献于云南普洱熟茶界。

作者：相信好原料和创新的熟茶工艺，将会使"博君"成为一款引领云南普洱熟茶的风向标，并给普洱熟茶带来崭新的机遇。

戎玉廷：谢谢。我们可以再泡上一壶"博君"熟茶，来品尝一下它的滋味，它会颠覆你对熟茶的认知。

作者：受各种因素的影响，普洱茶市场低迷，一些茶企面临着价格高了卖不动，价格低了就会亏本的困境。作为中国茶叶流通协会副会长、中国茶产业技术创新战略联盟副理事长，面对普洱茶市场的挑战，你认为云南茶企业的突破口将会在哪里？

戎玉廷：看来，茶企业只有走产业升级和产品创新发展之路，才会找到下一个突破口。

产业升级和产品创新发展包括仓储中期茶、创新茶饮料、创新有机茶技术栽培、电商推广以及推出茶食品和茶保健品等。这需要市场化的操作来推动，单靠中小传统茶企有限的资金很难跨越。

美丽的临沧，茶作为一个产业，生于这里、长于这里、成就于这里，从无到有、从小到大、从优到强，离不开临沧的绿水青山、好茶佳茗。勐库戎氏、津桥茶业、勐傣茶厂、凤庆滇红等出产的品牌已深得茶界青睐。

我们绝不辜负每一叶好茶，把茶叶的本味做得更好、更有个性，让喝茶的人感受到更好的滋味，更芬芳的味道。

未来，品质、信誉、性价比将是茶企业的竞争焦点，也是茶企业成长的突破口。

作者：没有规矩不成方圆。茶产业要想健康、持续地发展，永远需要建立在对规则的敬畏之上。

茶规则涵盖了整个茶产业链的各个环节，包括公平交易、良性消费、可持续发展、生态环境保护、食品安全、合理价格等诸多层面的内容，在种植者、经营者、消费者之间构建起标准和规范，让每个环节都有需要遵守的道德准则。茶人如何才能坚守茶德、践行茶行业规则？

戎玉廷：茶树是云南的宝藏，是祖辈留给我们及后代的珍贵财产。必须遵循茶德，遵循人与自然和谐共生之道。

不论普洱茶市场如何风云变幻，茶人都要秉承初心，认真做好茶，从标准和规范入手推出自己的好茶，建构通往消费市场的信任通道。

临沧茶企业都有自己一套严格的管理体系。比如，采用"公司＋基地＋协会＋农户"的模式，加强与茶农的紧密合作，对原料把控严格，保证每一片鲜叶的收获过程得到全程控制。早在2000年，临沧主要茶企便开始逐步实施有机茶园基地管理计划，管理好茶园这个"第一车间"，因此，制作出了许多市场认可的优质好茶。

茶人必须始终站在喝茶者的角度，从原生态的好原料甄选开始，一直专注茶叶的本真本味，以娴熟的制茶技艺坚守匠制，这便是坚守茶德，遵守茶规则，敬畏茶规则，制出好茶的具体体现。

作者：古茶树的稀缺性，在于它得天独厚的自然环境和时光沉淀。它生长于云南的特定区域，片状分布，山高路远，采摘难度大，加之仅在春秋两季采摘，产量少，追求者众。你如何看待古茶树的稀缺性资源？

戎玉廷：云南是中国古茶树最多的地方，而临沧的古茶树数量又居云南之首。临沧是中国茶叶版图上的一颗明珠，千百年来，古茶树代代传承，滋养着云南众多民族。对于古茶树，我们必须心怀感恩，懂得保护，善于保护，不过度采摘、施肥，用心善待，才能觅得真滋味。

可喜的是，云南省已于 2022 年 11 月颁布条例，从 2023 年 3 月 1 日开始对百年以上的古茶树实施挂牌保护等管理措施。

作者：从长远看，普洱茶的发展前景可观。云南不仅茶树数量多，面积广，茶种资源丰富，还有公认的制茶经验。面对这样的"顶级资源"，作为一位有影响力的制茶企业家，你一定在思考："中国茶"申遗成功之后，如何采取措施，确保遗产项目的不断传承，并做到可持续发展，让云南茶走遍中国，走向世界。

戎玉廷：赞同你的观点。从长远看，"中国茶"和"景迈山"先后申遗成功，预示着中国茶文化或将由此开启复兴之旅，对云南普洱茶稳步发展具有极大的推动作用，普洱茶的发展前景非常值得期待。

随着工业化和城市化推进，我们离大自然越来越远，唯有茶叶，还保持着大自然的本真。令人欣慰的是，云南这片广阔的高原上，有着数百万亩野生茶树群和栽培型古茶树，有些茶树树龄千年以上。这些古树茶的独特风味，足以吸引大量爱茶人。

普洱茶是爱茶人的终点站。大部分人一旦喝上普洱茶，再去选择其他茶类的可能性较小。从中国茶叶流通协会发布的近几年中国茶叶消费市场报告中可以看出，传统绿茶消费市场在逐步萎缩，而普洱茶消费市场得到了快速增长，市场份额在不断扩大。

普洱茶有着深厚的历史底蕴。随着经济的发展，一杯健康好喝的普洱茶必将成为大部分爱茶人的最佳选择。

于普洱茶界而言，世界好茶在中国，中国好茶在云南。临沧茶叶企业将厚积薄发，用好的茶品赢得市场，争做云南茶企最给力的马车，成为云南普洱茶品牌闪亮的那颗启明星。

要感恩大自然赐予云南这片美丽山川、这些河流，还有我们最挚爱的茶……

作者：自古以来，制好茶是茶人的信仰。云南茶人用巧夺天工的技艺，奉献出曾经影响世界的中国茶。

你在中国茶界身兼多种职务，又是勐库戎氏这样一家农业产业化国家重点龙头企业的 CEO，你将用怎样的情怀和责任，利用"中国茶"申遗成功这一千载难逢的历史机遇，将茶企业做好做强？

戎玉廷："中国茶"和"景迈山"申遗成功，这是中国茶重新走向世界的一次机遇。云南作为中国茶的主要基地，在中国茶业复兴中有举足轻重的作用。根据中国茶叶流通协会的统计，2022 年中国茶叶总产值 3000 亿元，出口量总计为 37.52 万吨。其中云南茶产值超 1000 亿元。云南茶企业界必将珍惜和抓住这一难得的茶业发展机遇，顺势而上。

云南茶企业带着冰岛、昔归、班章、滇红等众多好茶的光环，在氤氲浓郁的茶香中砥砺前行、成长，血液里流淌着对茶叶的敬畏，对云南高原的深深眷恋。中国茶的发展看云南，云南的茶企业发展看临沧、西双版纳和普洱。

爱茶制茶，既是我的生活也是我的梦想。对我来说，爱茶制茶成了一种坚守，一份责任。希望中国的所有制茶企业抓住"中国茶"申遗成功这一千载难逢的历史机遇，把茶叶的本味做得更好，更有个性，让喝茶的人感受到更好的味道。

作者：临沧茶的美丽尘封得太久，众多佳茗好茶至今尚未引起爱茶人的关注。究其原因在于文化宣传滞后。对此，请你谈谈对茶文化的看法。

戎玉廷：谢谢作家对临沧茶的推广宣传。临沧茶独特的优良品质需要作家为之记载和讴歌。

茶业要辉煌，文化必先行。茶文化的底蕴比茶本身厚重。作家若能为大地、自然、历史、植物讴歌，为临沧茶乃至云南

茶记录下真实、厚重而又有趣的故事，让好茶走出大山，推窗向洋，我想，是一件功德无量、值得无比高兴的事。

人世间，大凡美的事物均能对人产生心灵的震撼。被临沧茶"诱惑"，为临沧茶期待，表明临沧茶的品质及其所附带的自然和人文的确令众人倾心。临沧茶的美丽被尘封得太久了，作家若不来用手中的笔揭开掩盖它真实的盖头，将愧对其等待千年的纯粹之美和原生之美。可喜的是，包括你在内的许多作家，已超前意识到这一片好茶在普洱茶中的王者地位。

长期以来，你始终从作家的角度，用情怀抒写了许多对临沧茶所见、所闻、所品、所感和所悟的文章宣传临沧茶，值得点赞！

临沧茶的魅力在于它生长环境的唯一性、品种的多样性、滋味的多变性，在于它有无数的新鲜、惊艳与可能，是让人舌尖上一辈子都品尝不完的芬芳。

临沧有那么多佳茗好茶在等待，何不一起吃茶去！

后记

  与茶有缘，是人生的幸事。

  某天，当我品尝着临沧茶的芬芳，随手打开一家音乐网站，耳边传来熟悉的歌声："睁大眼睛望不够你 / 拉上窗帘梦不醒你 / 穿森林的衣 / 撒一路蝴蝶 / 秘境临沧 / 云朵下的新娘 / 你是我等待轻含的一片雪 / 舍不得 / 挥不去。"

  这是一首十余年前，由我作词，佤族歌手作曲并演唱的赞美临沧的民族歌曲。悠扬的歌声和着茶香，勾起我对临沧的回忆，流淌的音符，轻轻掀开笼罩着临沧神秘美丽的面纱，令人遐思万千。

  法国雕塑家罗丹说："美是到处都有的，对于我们而言，不是缺少美，而是缺少发现美的眼睛。"临沧的山水如此钟灵毓秀，充满原生态风情。临沧的民风如此唯美，豪情奔放，淳朴自然。无论置身山间村野或边地小城，你都能体会到"半夜茶香入梦来"的茶文化意境。

  遗憾的是，临沧除冰岛、昔归之外，还有许多好茶尚未被美的眼睛发现，价值被严重低估。如何让这些好喝的茶，为世人熟知，为茶人青睐，我产生了用文字去探秘、解读临沧茶芬芳魅力的冲动。

于是，我开始将在临沧工作、生活期间对茶的所见、所闻、所感、所悟用文字表现出来，试图从茶的地理、品质、历史、金融等全方位视角梳理临沧茶踪、茶味、茶俗、茶感，寻找到一条了解茶文化的真实、朴素路径，给大家带来一种美的享受。

如果说对临沧茶的唯美书写是我写作的主旨，那么，以小见大，由临沧茶扩展到云南茶，乃至在"中国茶""景迈山"申遗成功后重新梳理发现普洱茶和红茶的前世今生以及隐藏的社会经济价值，则是本书的终极目标。当前，普洱茶的品质正逐渐被冰岛、昔归、娜罕等刷新。

边地临沧，之所以被人称为秘境，是因其有着众多解不开的谜，探不完的风景，数不清的风情，更拥有众多佳茗好茶。本书既不是旅游指南，也不是枯燥乏味的茶品罗列，更不是随心所欲的调侃。它是一本解读茶文化的纪实散文集，汇聚了临沧众多茶人的记忆和经验。每一段文字，都源于作者多年来在茶席间与茶人话茶时的经验之谈，以及作者奔赴茶山、品尝茶味时的亲身体验。

普洱茶世界精彩纷呈，本书只是管中窥豹。你只要闲时读一读或随手翻一翻，眼前便会一亮。原生态的临沧，是茶祖故乡、天下茶仓，佳茗汇聚，秘境芬芳，山高水长，这里是人类心灵向往的一方栖居地。

人与茶相遇，是前世的约定，今生的幸事。用抒情的笔调、纪实的手法解读"天下茶仓"，打开临沧茶的空间、格局，必定成为一种美的享受、一种文化的升华。

本书成稿之时，恰逢"中国传统制茶技艺及其相关习俗"列入世界非遗、"普洱景迈山古茶林文化景观"申遗成功，令人欢愉。

　　本书得以顺利出版，要深谢深圳出版社韩海彬主任、杨雨荷老师的厚爱；深谢作家李春龙的倾情推荐；深谢爱茶懂茶的美女作家闻冰轮和作家、出版媒体人韩海彬先生倾情作序；深谢作家温星，茶人刘亚梅女士、朱永昌先生、李树宏先生提出的专业修改意见和梅猎茶踪、勐傣茶业、勐库戎氏公众号小编们以及摄影界朋友王文林、李海湘、杨勇、马建华、杨颖智等提供的精美图片。

　　我要感恩临沧大地，给予我写作的灵感；要感恩我的亲人，在我写作中给予的精神食粮；更要感恩读者，听我述说茶文化的故事。

陈保邦

2023年8月